50《ごじゅう》カラット

江藤 Eto
Takao 貴生

文芸社

まえがき

「50代」――とこう書いて、そこに清涼感や清々しさを求めるのは酷というものだ。家ならボロボロ、車ならもうとうに廃車である。よくもまあこの体、動いてくれるものだとさえ思う。「ごじゅう」――そんな音に対し、妙に物悲しい響きを覚えるのはきっと、多くの人の抱く共通イメージだろう。実際、50歳を越え内側からその実態に触れると、悲愴は更に痛みを伴って迫ってくる。ふとしたはずみで露見する知力、体力の衰えに人生における「下降」を意識させられる。なお言えば己《おのれ》とはこんなものか、と限界点を突き付けられる。後は只々坂道を下り続けるのみ。この辺りが哀愁を誘う50の印象の根源にあるに違いない。

……が、しかし、それがどうした？　と世の思惑をすいっとかわすところが私の真骨頂である。その虚無な佇まい、湿気った背中、やけにクールじゃないか。50代が纏ういぶし銀のもたっとした感じ、これは若くては醸し出せまい。年波を重ね、静々と熟成させねば導けぬ色と質感。そんな境地にようやっと踏み入るのがこの年代のような気がする。

悪くない。

「ゴジュウカラ」という小鳥を私は密かに心の内に飼っている。それは「ゴジュウカラ、ゴジュウカラ……」と呪文の如く唱えるに連れて次第に表出する「50《ごじゅう》から！」という、押忍《おっす》の力強さを得るための言うなれば応援大使的な、至って手前勝手な飼育法である。たまにしか餌をやらぬ割には「フィフィ」と良い声を聞かせてくれる。

背面灰青色、体長十三センチ程の彼。図鑑で、よく頭部を下にした写真を見掛けるが、それがこの鳥の特徴らしい。ガッシと逆さまに樹幹にしがみ付き、自在に旋回し昆虫を捕らえる。

「さあ50からだ！」と、そんな気概で独自の50感を紡いだものが本書『50カラット』である。どこやらに鈍く宿る光沢は見えないだろうか。試みて欲しい。

しかしもってゴジュウカラ。習性とはいえ、平衡器官を持つ生身の生物である。重力に逆らい下向きに降りることの恐怖感は如何ばかりか。同じ下り坂を行く身として、その勇気と旺盛な好奇心、是非とも見習いたいものである。

※本書は十年もの歳月をかけて綴ったエッセイ集です。時の流れとともに少々〝時代〟がついてしまったものもあるため、古いものから順に並べてあります。

目次

50《ごじゅう》カラット

ブル爺

「いた！」──私はその人物を見付けると、さもミントでも口にし、スーっと息を吸い込んだような気になる。

今日も彼は快活そうだ。歩調は緩いが、そこにまた温かみが籠っている。私は彼の名前を知らない。住所も不明だ。歳の頃は、七十を優に越えているだろうが定かではない。さしずめ私が知るのは、あの毎度変わらぬニコニコ顔くらい。おっ！　と、大事なことを忘れていた。彼の手には常にリードが握られ、その先にはフォーンのフレンチブルドッグが二匹、時には三匹繋がっている。幾度か軽い会話を交わしたことがある。そこで彼がフレンチブルドッグのブリーダーであることを聞いた。ああ、なるほどと思わずにはいられなかった。

ブルを連れ歩くお爺さん。それがじつに様になる。いつからか私はこの男を〝ブル爺〟と呼ぶようになった。勿論《もちろん》、面と向かって「ブル爺！」と話しかけたことはない。それはいくらピッタリとはいえ、あまりに失礼だ。ただ心の中で非常な親しみを込めてそう呼ぶ。だが、ブル爺はブル爺でそんなふうにいざ呼ばれたとしても存外、嫌な顔もしないのではないかという気も起こる。

我が家の家族構成は私と妻、娘の三人に、一匹の犬をプラスして成立する。その特別待遇として加入を認められたものとは真っ黒なオスのフレブルである。家中で一番の食いしん坊、また一番の甘えん坊のこの子を、私たちはずっと昔に息子と登録した。名前はマーブルという。彼との生活はわずか四年余りに過ぎないが、何かもうずっとこの家で共に暮らして来たように感じている。

マーブルは日頃、ケージの中にいることが多いせいか、兎《と》に角《かく》外に出たくてたまらないと見える。いつも出せ！　出せ！　とギロリ目と、そのたるみ口で我々に訴える。車での外出は、ご飯に次ぐ彼の大好物だ。娘と後部座席に収まると途端に右を見たり、左を睨み付けたり、更に興に乗ってくると運転手である私の肩に逞しいその腕を置き、前方を凝視するなど、如何にも僕は人間だというふうに振る舞う。今日も、そんなやんちゃな息子と四人で街中にあるペットショップにやって来たところであった。

「いた！」と私が言うと、いたいた！　と妻が言った。あ〜いた！　と、そこに娘が乗り出し、「ワン」と息子が締める。私たちがこの店を訪れるのは数カ月に一度だが、どういう訳かこの光る人をかなりの確率で目撃する。ブル爺は、ご自慢の二頭を従い店頭にいた。そして、彼らを囲むように十人程の人だかりが出来上がっていた。爺のファッションは、いつもブル公たちとお揃いである。いや？　ブルたちが爺を見習っているとも言える。本日の出で立ちは、皮ずくめの概ねウエスタンスタイルといったところ。こんな外見にも彼らは大いに個性を持ち出す。「可愛い〜」などという黄色い声に爺は大得意である。私はこの人のこんな得意さを不快に思わない。むしろ清々しい。それはなぜか。この顔なら、このくらい高みにいてもいいと許せるからだ。

「こんにちは」と近付くと大得が超得に変じ、ゆったりこちらを見た。

　お供の二匹にはそれぞれ、ぷっと吹き出すチャーミングな名が付いているが、小さな彼らにもプライバシーはある。敢《あ》えてここでは伏せておこう。あれこれ面白い名を思い描いて欲しい。だがきっと、その想念を彼らは飛び越えるだろう。仲間と思ったのか、ふらりマーブルが二匹に歩み寄る。ブル爺は「おうおう」と言って近付いたマーブルの頭や背を撫でてくれるが、やっぱりうちの息子たちの方が勝っているだろうと口元が、眼光が言っている。「負けるな！　我が息子よ」と、その丸いおしりを私がポンと押すとマーブルは「フン」と鼻を鳴らし、ブルブル身を揺すった。

ペットは飼い主に似ると言われる。改めて見ると、なるほどこのブル公たち……どことなくボスに似ている。だが、もう一度よく見ると、爺やが似てきたようにも思われる。これはひょっとすると、その道を歩き続けたことで一度飼い犬が主に近付き、その後反射して、また今度は主が寄り添ったもののように思う。三人同じような顔をして、ウエスタンに纏まっている。

店内をぐるり一歩きすると娘はグッズコーナーへ、妻は色とりどりのウエアーを眺めだす。私はペットフードを一つ抱えレジへ向かった。マブ男は、リードを引く私の力が半減したことをチャンスと見て、おやつ売り場へグイグイ引き込もうとする。これら一連は、我が家恒例の行動パターンだ。買い物を済ませ店を出る。ブル爺は？と辺りを窺うと、疲れたのか二十メートル程離れたベンチで休んでいるところだった。夕日が彼の着けた革をとろりと舐める。大きい方のブルの頭を撫でながら、駐車場へ向かう我々に気付いてくれたらしい。お互い小さく会釈し別れた。

時に、マーブルのご飯皿にペットフードが落ち、そのカラカラという音に、またある時は背後から近付いた私を首だけで廻し見るマーブルの愛らしさに、この私の頭はぽっとあの爺を出す。今も床の中で、後は夢に突入するだけの段階であったが、ニコニコと執拗に笑いかけた。

以前から、うすうすそのことには気付いていたが、きっと私は心のどこかで、ブル爺に憧れているのだろう。ただ、あの人間のいったいどこに？　という肝心な箇所を永く押さえきれず放置してきた。しかし、こう頻繁にちらつかれては、何かを読み解け！　と、難問を出題されたようで、おちおち寝られそうにない。そこで、はてどこだ？　と考え、今日見た彼の様子を思い浮かべる。するとてらてらに光る、あの革がすっと出て来た。これじゃないと、無造作に革を剥ぐと下着がまた輝く。これか？と、疑い、ぺろりとこれも脱がすと、今度はもう素裸というのに、やはり爺は光った。銭湯で一人きらめく彼を、私は眠気と共に、そして崇拝を交え想像した。だが、睡魔には勝てず、いつの間にかそのまま私は眠りに落ちた。

翌日、深夜にテレビをつける。某チャンネルで放映される「プロフェッショナル」という番組は私にはじつに興味深い。様々な職種の第一線で活躍する人物、まさにプロフェッショナルが熱い生き様を見せ付ける。そして、最後にその人物が語る「プロフェッショナルとは?」の問いに重く一言置くが、これもまた熱く好い。バックに流れる音楽が、更に生き方に深みと渋みを加え出したところで、何を勘違いしたものか私の目にはひょっこりブル爺の顔が画面に映ったように思えた。そして、友情出演のように、彼もプロフェッショナルとは? の持論をとつとつ私に話し出す。

どうやらこれらしい。私は、あのブル爺の輝く秘密に思わぬところで辿り着いた。一つの道を極めることで得られる、いや極めることでしか得られない、そんな身に纏うオーラのようなものだ。それは何事にも動じない絶対的な自信から生まれるように思う。肉眼では見えない。研ぎ澄ました心理眼が爺から漂うその気配に触れる時、この人には何かある! と、無意識のうちに気付かせていた。そこに私は惹かれたに違いない。

平々凡々。それが私のここまでの歩みだ。いつからかブル爺に憧れてはみるが、あんな人間には到底なれそうにないと、彼を遠くに置くとなお近付きたくなった。ブル爺、ブル爺と、こう彼を自分の祖父のようにしてペンを走らせる自分をふと、他人の如く離れて眺めると、「一本の道を永く歩くことだ」と、先日の友情出演で呟いた爺の声が耳元でした。

　文章らしきものを綴り始めて五年になる。前方はぼうぼうの草地だが、振り返るとか細く何やら道のような跡が出来ている。そうして、目を凝らしもう一度前を見返すと、うっすらと標《しるべ》らしきものまで木々の間に見え隠れするではないか。手探りで怖々だが、もしかすると、この先でブル爺と同種の光を浴びられるのかもと閃きの如く思うと、ここを行けるだけ行ってみようか、という心持ちになった。そんな光明が一歩の動機だが、二歩目の利点は他にもある。思いであれ、何であれ、出すことは体に良い。そして、考えることで老いてゆく脳に悪い影響を与えることもあるまい。しかも、この路はブル道より遥かに安上がりでもある。

　無色透明が無難、至って無害ではあるが、ブル爺のように人生の輪郭と色をクッキリと持ってみるのも悪くない。

　文章というものはプラモデルに似ている。それはかつてプラモ小僧だった私が、歳を得、今抱く率直な感想だ。言いたいこと、言うべきことを箱から取り出した設計図みたいに頭の中で広げ、部品となる言葉を一つ一つ慎重に記憶の房から取り外す。そうして設計図に照らし合わせながら組み立てていくと、おぼろな影が徐々に姿を現し、やがてひとつの完成をみる。その過程で覚える興奮や快感、充実感。どこか似ている。言葉と言葉がうまく繋がり、その間に感情の小波《さざなみ》が差し込んだ時など、模型の隙間の奥の奥にあるギアに、偶然カムが噛み合ったような爽快さを味わう。

文などというとどこかフニャフニャしたイメージだが、切り方や合わせ方、並べ方の工夫次第でいくらでも硬くなる。晴れ晴れと完成品を眺め、ヤスリをかけたり、パテを埋める要領で文節に添削を加えればつやつやになる。両者共にのめり込む瞬間、眼前に広がるワクワクの枠が急に窄《すぼ》まり一センチ程のただの黒い丸になる。そうして、その丸の真ん中に頭からダイブする感覚で身がキュッとなる。


こんな調子付いてきたところで頭の中のブル爺が、「わしのあの革のように、お前も抜きん出てみよ！」と言う。爺を見ていると、何やら常人から一線を越えねば、そこへの到達は不可能のような、目を引く身なりが多い。思い切って原稿用紙でも胸のTシャツにプリントしてみようか。或いは時代錯誤と失笑を買おうが、袴《はかま》でも穿いて下駄を鳴らしてみようかと一瞬稚気を起こしかけるが、私はやっぱりそんな恥ずかしいことはできない。

ここまで来てブル爺を恥ずかしいもののように突っぱねてしまえば、彼を危うく痴愚の権化にしかねないが、これぱかりは向き不向きもある。家族に見放されるのは、やはり辛い。そこまで気張る必要も無いだろう。「ただ好き、ただ楽しいから続ける。私はこの辺りのスタンスで行きます」ともじもじしながら言うと、師匠、ひねくれてそっぽを向く。

出口戦略

「出口戦略」という言葉がある。元々はベトナム戦争時のアメリカ国防省内の発言である。如何にして最小限の被害で撤退させるかという意味に使われたが、現在では企業経営や投資運用等の世界でこの言葉を頻繁に耳にする。どのような場面においても納得のいく結末を導き出すことは、そう容易《たやす》くはないようだ。それゆえ「戦略」などという穏やかでない語も付くのだろう。

そこで唐突だが、私の脳裏にある「出口戦略」を話そう。ただのサラリーマンだ。投資などへと金を注ぎ込むつもりもない。

人生を限りある一本の道とするなら誕生が入り口、死は出口となる。どこへ出るのやら見当も付かないが、その出口、言い換えれば死に際の企てだ。最小限の被害を……と、前述した本来の意味からすれば、この言葉を持ち出すのはやや強引ととられるかもしれない。だが、己の人生の出口を前にして、如何に後悔という自己被害？を最小限に抑えられるかと捉えれば、私個人としてはそれ程ズレがあるとも思えない。どう死ぬか。これはやはり立派な出口戦略である。

その概要は次のようになる。

いつの日か、心臓の鼓動が止み霊魂となれば、私のこの肉体は不要だ。ならいっそ使ってもらおうという考えをふと抱いた。五十歳を目前に控える我が身であるが、二十代に一度軽い胃潰瘍を経験しただけで、その後大病を患うこともなく、じつに淡々と生を刻んでいる。なかなか優秀な五臓六腑。おすすめである。と、ここまでは一般にいう生体移植に他ならない。いよいよ本当の戦略はここからだ。それは臓と言わず、腑と限らずてっぺんから爪先まで使えそうなものは全て提供しようという提案である。思わずそんなとこまで？　と、赤面しそうな部位まで隠さず解放しよう。そして、この〝一体献上〟の遺言でわずかでも人に「おっ！」や「ええっ！」の感嘆詞を吐かせたい。そんな馬鹿みたいなことを真剣に考える今の私である。

このような夢想に浸る前は、また次のような別な思いにも侵された。

ある医師が唱える「癌は手術しない方がいい」という説に私は強い感銘を受けた。

それは、医師が自らの医療に敗北を示したことであり、元来人にある治癒力を信じようとする一医師の叫びと受け止めた。私は強さを誇示するものより、弱さを吐露する人間を強者と認める方である。現代では四人に一人、いや三人に一人とかいう高い確率で関わるといわれるこの病。私も恐らく……という予感もある。そこで、この人間の治癒力の証明に一肌脱《ひと》ごうと考えた。「私の体を使ってくれ」と自ら名乗り出るのである。だが勘違いしないでいただきたい。これは単なる人体実験などではない。あくまで人体の可能性を探るロマンであり、体内に秘められているであろう無限の治癒力を、私は存分に味わうのだ。

そう息巻いていた。だが、時間を置いて自身を落ち着かせ、再度検討の機会を持つと、まだやりたいことがある、と、ぶくぶく一泡出た。そしてあろうことか、心を掴み放さずワクワクをそそるものが年々目の前に出現する。ざっと数え上げ、トントンと角を揃え整頓してみたが、果たしてそれら全てを生涯やりつくせるかどうか分からぬほどの分量になった。早い話がもう少し、いやもっともっと生きてみたい。自分の死を前へ置いたり後ろへ引っ込めたりと、じつに私らしく優柔不断に着地できないので、この案は一旦腹の中で却下した。

五十年……と、感慨深く人生を振り返れば、随分たくさんの人にお世話になってきたなあと思わずにはいられない。時には大いに迷惑がられもしたことだろう。だが私は、自身に都合良くいつもその恩恵を吸い取り、力に変え生き長らえさせてもらった。そして、またこれから歩むであろう半生にも、きっとそんな心の支えとなってくれる幾人かと巡り合うに違いない。まことに世話になってばかりだ。いただきっ放しでいささか窮屈になってきたので「世の中は持ちつ持たれつ！」などという言葉を慌てて引っ張り出し自己弁護してみるが、逆にそこにポツンと疑念が湧く。多く持たれてばかり。そんな私は誰かの心に寄り添ったことがあったろうか？　それは深く考えるほど、そして出口へ近付くほどに片側へ重心がずれるようで居心地が悪い。どこか心残りでもある。

半世紀を意識し人の恩義を感じ出してからというもの、何か出来ることはないかと私は常に探してきたように思う。そこでようやく辿り着いたのが冒頭に挙げた、一体献上出口戦略（ＩＫＤＳ）ということになる。人に驚愕を与える目論見もあるが、意外に根は優しい。

この体を差し出す覚悟が出来上がると、どのような死を迎えるのだろうなどと考える頻度も増す。そこは間違いなく誰もが通る関所だ。穏やかにあって欲しいと願うばかりである。しかし、見渡せば不慮の自然災害や交通事故、また他人の手によって命を奪われるなど許し難いケースもある。

　私たち東北人にとって決して忘れてはならない二〇一一年三月十一日の東日本大震災では、福島、宮城、岩手の被災三県で二〇一四年十月現在、死者、行方不明者を合わせて二万二千九百五十七人が犠牲になった。皆、断じて「これも運命だ」などとは死を受け入れはしなかっただろう。苦く無念を噛み締めて冷たく眠られただけだ。出口戦略どころではない。不条理を世に突きつける感情のやり場も無い。

　思えば無数に降る災いの雨粒を、私たち生あるものは日々運良くかい潜っているだけなのかもしれない。その事実は何者かに生きよ！　と先を照らされていることと同義である。その「生きよ！」の導きに従い、生きられるだけ生きる。暢気に出口……などと綴ることに戸惑いもなくはないが、惜しみなく生に力を注ぎ亡くなられた方の分まで精一杯生きる、それがきっと生かされているものの宿命であろう。この思いがせめてもの供養に通じるのだと私はいつも願ってやまない。

　何やら人生論めいた話にすり替えることで〝めんどくさい人〟と思われることは必至だが、五十に向き合い真剣に生きることを覚悟すれば自ずとここへ来るものだ。二十代、三十代、四十代と十年に一度くらいの周期で、誘われるままペラペラとトルストイの人生論を目に漁ると、何かしら新しいものが砂のようにさらさら心に落ちて行く。ただ、これは彼の人生論だ。私は私の人生を歩き私論は別の袋に砂金の如く貯めていこうと思う。やはり〝めんどくさい人〟と自分でも思う。

肝心なことを胸に突き付けられて私はしばし愕然とした。昨夜のことである。

ＩＫＤＳの頭を持って、処女のような捧げる体と心でインターネットを開くと、献体の条件は心臓は五十歳以下、肺、腎臓は七十歳以下とある。胸に突き付けた鋭い凶器が背まで突き抜けるように感じた。だが、それもそうだろう。移植した心臓がすぐに止まってしまってはしゃれにもならない。今更ながら臓器も確実に老い、使用期限のあることを思い知った。

穏やかな就寝中はトットと時を刻むように、またある時は綺麗な女性の前でドキドキと激しく、じつに素直に勤勉に働くこの心の臓も、老いには勝てないのか？　果敢なりし私の出口戦略は失敗に終わったかに見える。しかし、それはそれとして「皆さん、どうぞお使いください」と、軒下にでもぶらぶら吊るしておこう。

戦略は一通りでは勝てない。次なる出口戦略を模索すべく私は生きる。ワクワクして歩きキョロキョロして眺めれば、そのうち何かパッと出るやもしれない。おい、そうだろ？　と、人生に語りかけながら。

流れ清らか

「虫取り……」――ああ、なんて魅惑的な響きだろう。私などこの年代になると、その音の余韻に勝手に郷愁などしみ込ませて、♪♫なあ～つが～す～ぎ～♩♬と、井上さんの唄を血流と共に体中巡らせている。すると麦わら帽子、虫かご、虫取り網……と、ぽつぽつ道具も脳裏に浮かんでくる。こんなたった一語で私を瞬時に少年に還《かえ》すとは、まさに魔法の言葉である。

気持ちよく少年になったところで、とある感動体験を一つ話そうと思う。もう四十年以上も前になるが、それは私が小学生の頃の出来事だ。ひっそりと温めるこの記憶は、不思議にも単に脳ではなく、どこか骨の組織中にでも保存されているという感じで、じっと考えるよりもむしろ体を動かし、少し汗ばんだくらいの方がスムーズに呼び出せる。あらゆる思い出が時間の流れに抗えず劣化し続けていくが「これだけは離さんぞ！」と、きつく骨を締め付けるせいか、比較的まだつやつやと鮮度も良い。

あれは夏休みだ。我々は『あそこ』という呼び名で通る秘密の場所に、早朝から集合した。服装は至って簡素。Tシャツに半ズボンが夏の定番である。あの頃の子供たちは、皆真っ黒に焼け焦げていたように思う。キャップを被り一目では見分けのつかないちび黒五人衆が夜明けと共に現れた。

虫かごを首から斜めに掛け自転車を漕ぐ。私は興奮に駆られ長い網を何度も振り回した。「ケタ下」と書かれたガード下を潜る際、おふざけに誰かが「あああ」と声を響かせる。漕ぐ足はどれも軽やかだった。小学校の前を走り抜け、やがて行き着いた流れの緩やかなその川は、私たちにたっぷりと朝日を照り返して見せた。

実を言うと、私がその場所へ行くのはこの時が初めてだった。三歳年上で兄貴分のT君だからこそ、この秘密の場所を私に教えてくれたのだろう。と、それは男と男の……というものだと子供ながらに解釈していた。いや、「男と男の……」などという情っぽいこの表現を用いられるようになるのは、もう少し後のことだ。何となくそれっぽい調子に、あの頃は受け止めていたのだろう。右に森を認め、長い橋を渡る。そこから先は雑草が繁茂しており、私たちは仕方なく自転車を田んぼのあぜ道に止めた。あとは、ゲコゲコと波のように寄せる蛙の声を押し分け、目前の森へ迫るだけでである。

ここからひとたびその森に突入すると、「私たち」が『僕たち』に変化する。それはこの場所が不思議にいつも、そんなタイムトンネルのような働きをするからであるが、気付かぬ間に僕に還るのだから致し方ない。

ズッズと、まだ朝露に濡れた下草を踏みしめ、僕たちは入って行った。そこは鬱蒼としたジャングル。光は木々の間を細く幾筋も射し込んでいた。しばらくすると先頭のT君が、ふと古木の前で立ち止まり、おもむろに一つ蹴る。木はトンという抜けた音を立てたが、微かに葉が揺れただけだ。

チッと彼は舌打ちをした。こんなところにも、小さく畳まれたT君への〝頼りがい〟というものを僕は感じた。一行は黙々とまた歩き出す。その間T君は、林立する木立を見回し何かを選択、選定していた。すると、先程より少し細い木を目の前にする。迷わずT君がまた一撃を加えた。すると、今度はドドッと何かが落ちた。何だ！　何だ！　子分たちは大わらわである。

草むらを掻き分けると、そこに腹を見せ手足をばたつかせるノコギリクワガタを発見。そして更に緑に光るカナブンを一匹捕えた。それらは、我々一味の本日初の獲物である。僕などはここでもう十分悦に入っていた。しかし、親分はまだ満足しないと見える。少し歩くと、いきなり誰かが「うわっ！」と叫んだ。毒々しい虎縞《とらじま》のスズメバチである。僕の心臓は、これまでにないぐらい強く打つ。だがここでも親分、両手を広げ冷静にシーッと皆を制する。するとブウ〜ンと不気味な羽音を立てて、敵は僕たちを過ぎて行った。

Tは僕の中で、いつしか兄貴から親分へ、そして神へと格上げされていた。そうしてまたズンズン進むうちに、僕も何本かの木を見まねで蹴り付けミヤマクワガタやらヒラタクワガタなどの収穫に熱くなっていたのだが、やがて僕の神が見せてくれたのは、まさにこれぞ！　という神秘の極みであった。子供の腕で一抱えくらいのクヌギから目線を上げたそこにベットリと樹液が浸り、そして……いた！　ゆらりと歩くカブトムシ。角を上下させるオス二匹とそして、丸く太ったメスが一匹。僕はしばし呆然となる。今思い返してみても、これまでの人生で、あれ程容赦なく全身を硬くし、震えさせた画はない。

都会の子供は虫取りを知らないと以前聞いた覚えがあるが、世の中は得てしてして一方向にばかりしか進もうとしないものである。現況もそう変わらないに違いない。虫など、元来ペットショップで生まれるものだと考えている子さえいるというから切なくなる。室内でゲームやスマホ三昧に過ごしては、少年時代の何か大切な忘れ物をしているように感じるのは私だけじゃあるまい。そんな都会っ子たちに、あの森を闊歩する虫たちを見せてあげたいものだ。本物に触れるには感受性の鋭い若いうちでなければ意味がない。

何ならいっそ我が家に招待しようか？　じつは今日も私は虫取りに忙しい。交通費くらいは出そう。「是非君も一緒にやってみないか」と、もやしっ子をごぼうのようにしたい私である。現在十一月。外は寒いが、でも大丈夫。虫取りは幸い家の中だ。……なぜ家の中で虫取り？　と胡散臭く思っただろう。仕方ない白状しよう。私が今ここから話す「ムシ」とは、前述した森の宝石カブトムシやクワガタなどの人気種ではない。放屁で嫌われ者のカメムシだ。ダイヤを見せて、いきなり石っころにすり替えるようで申し訳ないが、どちらも鉱物は鉱物。ムシはムシだ。そして、これも虫取りには違わない。

我が家の真ん前にはこんもりと山が座り、背後に川が流れて……言ってしまえば日本むかし話のような世界である。この豊かな自然これこそが、かつての私たち家族が望んだものであったが、その豊かさが仇となった。この地に暮らして、はや十七年。カメムシの存在は今や呪縛と捉えている。春先から秋の終わりにかけて、彼らは旺盛に活動するが、どういう訳か窓の隙間を這い、突如として家の中に侵入してくる。一言だってどうぞ、と招いた覚えはないがどやどや来る。その数、個体の大小を合わせれば一シーズンで一千匹は下るまい。数年前など、一日で二百匹以上捕えたこともある。あれはさすがにこたえた。

初めこそティッシュペーパーでつまんだり、ピンセットで挟んだり試行錯誤していたが、今ではもう迷い無く飲み終えたペットボトルを使用している。ボトルの飲み口をそっと近付けるだけで、敵は硬直してか中にポトリと落ちる。最盛期の十月など、表へ出て家の外壁に群がるカメ吉どもの背中へペットボトルを次々当てると、パラパラと怖いくらいよく捕れる。

そこである時、私は馬鹿なことを思い付いた。「この臭い……何かに使えないか？」確かに強烈で、そして疑いなき悪臭である。しかし、ペットボトルに黒々とたむろする彼らをザサッザサッと上下に振り刺激を加え、更に臭いをきつくすると、その中にというか、その奥底に臭さとは一線を画する、どうにも妙に離れ難い芳香を微かにこの鼻は感じるのだ。これはひょっとすると新種の香水になるのではと閃いた。そして、また思いも寄らぬ何か一液を混合することで、より一層高貴な香りに変移するような気にもなった。だが、いつか興奮は冷めるものだ。娘の悲しそうな視線と、あまりのバカバカしさに途中で投げ出し、ようやく我に返る。

「それは川が綺麗だからだろう」

盆休みに実家へ帰省した際、このカメムシの顚末を話したところ、父からの返答はその一言だった。美しい自然の中で生活出来ることは贅沢なことだぞとも付け足した。そんなものだろうか？　今ひとつ釈然としないが、父にカメムシの尻に句点を打たれた形で、何やら高い位置に問題は解決してしまった。

帰宅後、早速カメムシの生育環境を調べてみる。正直、私はこの辺で話をまとめて、圧迫される臭さに一段落付けようと考えていた。それは次のような結末をもってである。

文献を探ると……あった！　綺麗な川。父が言った通りだ。そして、カメムシは空気の澄んだ自然豊かな土地でなければ生きられないと書かれている。そこで、ああ成る程とカメムシを自然環境における親善大使のように仕立て上げ、私とがっちり握手する。

「そうでしたか。今後は大目に見過ごしますよ。アハハ」と打ち解けめでたし、めでたしのはずであった。が、いざ調印を前にしてあれこれ調べてみると、昔こそ彼らは山里に棲んでいたが、今では町中にも出没するというではないか。厳格なるナチュラリストではなかったのか！　ここで協定は撤回された。

　折角、その鼻の曲がりそうな臭いにさえ目を瞑る覚悟をしていたところなのに残念だと怒り心頭だが、すまなそうにカーテンの陰にこそこそ隠れる様子を心落ち着けて眺めていると、きっと切実な理由でもあるのだろうと、なぜかふいに同情心が芽生えてきた。カメ吉ももう少し我が家への襲撃にしろ、たまらぬ臭いにしろ節度を持ってくれたら、こちらの対応にも再考の余地を設けようものを……。


　憎っくきカメムシに、ゆらり心が寄り添ったのには訳がある。兎に角臭い！　臭い！　とつま弾きされる彼らの一生だが、こう書いているうちによくよく考えれば、家では私も似たようなものだと悟り出したからである。扱いの差を思い知れば、きっとカブトムシに生まれてきたかったであろうカメムシは、そのまま、も少しイケメンに生まれつきたかった私でもある。

　ようやく最近では「人は中身！」とも思えるようになり、臭い屁に「凛と生きる」という字を無理に当てて私は歩いているが、少し行くとすーすーと心に風が来る。時の無常やら人生の虚無やら、事件や事故はいとまなく四方から責め立てる。

カメの屁か己の屁か分からぬ程、混沌としたこの世を渡るには、ムシであれ人であれ各々、心を浄化させる何がしかの術が必要であろう。ムシにはさしずめ父の言う綺麗な川か？　私には前述した「ムシの画」がある。どちらの源泉も無限に澄み、サラサラと清らかな音がする。

目測を誤る

最近、よく舌を噛む。言葉を噛むのは私の場合茶飯事で、他人からすればこれも十分痛々しく感じるのかもしれないが、この舌をやった時の激痛ときたら、その比ではない。

特にガムを口にしている時が多い。最近のものは味や匂いがいやに長持ちするおかげで、クチャクチャしているうちに、つい忘れてガブリとやるのだ。どれがガムでどれが自身の舌なのか、見境なくガブガブやっているようで我ながら情けない。悲しさを通り越して、そんな自分の体を我が身と見えないことが不安にもなる。考えてみれば、こんな頻繁に舌を噛むなど若い頃にはなかったことだ。いっそ、このガムがいけない！　おいし過ぎてどうしても噛み急いでしまうのだ。と、ガムそのものを突っ突き知らん顔したくもなるが、正直言うとガムなしでもやはり私は舌を噛む。たまらず漏らす「ウギャ」とか「うぐっ」との悲鳴から想像するに、恐らくこの口の中は常にだらしなく上歯と下歯の間にのへっと舌が垂れた状態で、ちょっとした外部からの刺激を、いつも待ち構えているに違いない。そして、いざ感知すると無意識に下の歯が上昇する、そんな逆ギロチンのような仕組みが備わっているのだ。

怠惰な舌は、だんごの鼻を隔ててすぐ両眼の下にある。灯台下暗しだ。パカッと開けて鏡でも使わなければその怠け癖は確認できない。

しかし思えばこれまでの五十年近い年月、どこの筋肉にどれくらい力を込めればどこがどの程度動きどの位置に収まるのか、そんなことはごく平穏にやってのけたのだ。体という道具にはどこかに感覚としての目盛りを持つように思う。そう見れば、舌を噛むなどという小さなしくじりは、口周辺の筋肉の誤作動だともとれる。目測を誤ったのだ。

そしてそんな目測違いは、他にもまだある。

二、三年前の話になるが、ある日の深夜、自宅ベッドで寝ていると尿意を催す。早速トイレに向かった。右手でノブを捻り、ドアを開ける。この時点、トイレ内は真っ暗である。照明のスイッチは中だ。半開きのドアから体を中に入れ、左手でスイッチの在り処を探る。配置は確か便器の真向かいだったはずだ。この辺か？　この辺か？

と左手は手探りで壁を這う。するとと、なぜかここで私は悲鳴を上げた。何事か？　と思うだろう。当の本人がまずそう思ったくらいである。いったい何が起こったのかと……。説明しよう。

悲鳴の根源は左手の親指にある。スイッチ……スイッチ……と探り続けた左手だが、どうやらその中の一指、親指だけは取り残された形で半開きのドアの隙間にあったらしい。そして、そのままの状態でノブを持った右手が思い切りドアを閉めた。肉も爪もその場に残したままである。暗闇の中で、まるで私は何者かに指先を食いちぎられたかのように感じた。自分の体を自分で傷つけることなどあるものだろうか？　いくら暗がりとはいえ、左右どちらの手も私から出ているのだ。そのあまりに統率のとれない動きを、じれったくもいぶかしく思った。

もう一つ。これはつい最近の失態だ。早朝雨の中、コンビニへ向かう。買いものを済ませ店先へ出たが、この今手にしているもの、そして私自身、出来る限り雨に濡らしたくはない。そんな思いからダッシュで車に駆け寄り、ドタドタと慌ててドアを開けた。そこへハプニングである。ドア開閉の可動範囲にこの鼻があった。それは無意識ゆえ、したたかに打った。こんな時、破裂音として声が出るのはまだ良い方で、痛みの限界を超えると声音が内にめり込む。思わず折れたか？　そんな不安が過った。少なくとも曲がってはいるだろうと恐る恐る手で触れる。その後、ルームミラーで確認したが、低い鼻梁の左側に一部血が滲む程度で目立った歪みも見られずどっしりと落ち着いていた。福笑いの、あの如何にもという斜に寝たパーツを思い描いていたが、骨格とは意外に丈夫なものらしい。

ふと痛みを覚えてあちこち見ると赤だったり青だったり、記憶もないのにどこかへぶつけているらしい。せっかちな如何にもお前らしいと自分でも思うが、年を追うごとにこんな調子で外殻は崩れるばかりである。おまけに過呼吸、胃潰瘍、不整脈と、こんなものにまで不意に襲われても、それは一皮めくった内側だけに手の出しようがない。呆れ果て、もう好きにせよと私は大の字にちょっと笑うが、一方で「もう、いい加減にしないか！」と、どこかを叱りつけている。〝心〟という厄介者も、この手足や臓器らと同じようにやはり私を裏切るのではないか？　そんな、警戒する自分がそこにいる。

違法ドラッグが、二〇一四年七月、危険ドラッグへと名称が変わった。元々は「合法ドラッグ」が始まりである。二〇〇〇年に「脱法」、二〇〇五年に「違法」へと厚生労働省の提言で移行した。この短期間でのめまぐるしい呼称の変更は、拡大の懸念が強まったからであるが、その予期した通り危うい薬はじわじわと、そして確実に世に浸透しだした。

二〇一四年六月。東京池袋で危険ドラッグが原因の乗用車暴走事故発生。死傷者七人を出す。この事件は警告の如く何度もテレビ放映された。朦朧とした意識、そして口元のよだれが印象的であった。体はぐにゃりと骨のない軟体動物を思わせた。大破した状況からすれば凄まじい衝撃もあったはずだが、記憶などないのだろう。

同年同月。熊本でやはり乗用車の暴走事故。そして、札幌で……。岡山で……。福岡、大阪……止まらない。また、吸引による死者も多数だ。この中には暗黙のうちに葬られているようなケースもある。

あらゆることが、自身に可能なように感じるという。心が躍るようだともいう。フラフラと導かれるのか、一度手を染めたらなかなか抜け出せないものらしい。

ちなみに、この危険ドラッグという呼び名。「危険性の高い物であることが理解できるような脱法ドラッグに代わる用語」という主旨で公募された。他に、「廃人ドラッグ」「破滅ドラッグ」などという奇抜なネーミングもあがっている。

自殺人口の増加が著しい。世界保健機関（ＷＨＯ）の調査による自殺率統計を見ると、二〇一二年度ワースト一位はガイアナ。二位に北朝鮮。三位は韓国という順位。以下、社会主義国がずらり並んでいる。そんな中、日本は九番目に位置する。これは先進国の中では群を抜く高い比率だ。

自殺率上位を社会主義国が占めるという現象が永年続く。そのことでよくマルクスを引き合いに出し、唯物論や「宗教はアヘン」など、無宗教という観点へ自殺の原因を探る傾向があるが、実際のところ一様になど括れないのが現状だ。経済的な問題やいじめなどの人間関係、鬱病など、日本政府があげる死の選択理由もどこか表層のみをさらっているようでもどかしい。

永く生きれば、善悪否応なしにいろいろと経験するものだが、中でもとりわけ人の〝生き死に〟に関する出来事は、人生というのっぺりした道に、太くいびつな節を作る。

幾人かの死を見てきた。その中には自ら死を選んだ人間もいる。亡骸を前に「なぜだ？」と自然と問う形にはなるが、やがて、今更心の弱さや選択の正否もあるまいと、一切の感情を脱ぐように下ろしている。そして、「仏になったのだ」と許そうと尽くす。

修道女であり、平和運動家でもあったマザーテレサの言葉に、次のようなものがある。

「この世で最大の不幸は戦争や貧困などではありません。人から見放され自分は誰からも必要とされていないと感じることなのです」

死の淵に立つ多くの人の思いは、ここに集約されているのかもしれない。だが、死にたいという意思を一歩、ドラッグへの好奇心から更に一歩、中へ踏み込ませるのは目印を失い目測を誤った心でしかない。

期し快晴！　の思いの下にこの随想を立ち上げた際は、前途洋々と極力光だけを追うような明るいものの集積物にしたかったが、今回強引にこの項を取り上げた。そこにはふと、人が皆平等に晒される心の微震を感じたからであり、一度その心を遠く置き、前もってそれは変化するものと意識することで、時流や世間の誘惑に多分になびく、そんな弱っちょろい私自身の意思変遷への逆説的な抑止力になろうかと敢えて書いてみた次第である。

「もしもし？　こちらぁの世」

「知的生命体」ヒトという種族は、未だ明らかにされていない、そんなものにとかく敏感であり心囚われ易いものである。「未《み》」という音に思わず耳がピクン。そして、その下に「知」などと光沢を持った文字が引っ付き「未知」ともなればギョロリ目を剥く。間違いなく私もその一人。未知なるものには目がない。

若者が生き生きと輝いて見えるのは、この未知の領域が広いことも理由の一つにあるだろう。なぜだ？　と頭の中身を縦横に動かし、知ろうと目を見開く。光を反射する眼球の張力はひと際強くなりそこにみずみずしく生命力は宿るのだ。うらやましいな～と、すれ違う学生服姿の少年を振り返るが、確かにお前にもあっただろうと、その背中が笑う。経験によって未知が一つずつ開封されていく中、更に好奇の種を植え、芽を育てることが若さの秘訣だ！　と、そんな戒めを心に強く置く今日この頃である。

さて、改めて「未知？」とかまえて広く眺めれば、それはこの世に溢れていることに気付く。いや、知らないことばかりだ。知らない、知らないでは一歩も歩けそうになくて困るが、ふとある時、知らなくてもほどほどには生きていけそうなのを知ると、まとわり付く多くの未知を脇へ追いやりズンズン進んできた。私のここまでの道程は、そのようなものである。今思うと何か惜しいことをしたような気にもなる。そうして結局、現在の私の懐に残った未知は、あまり役にも立たぬ俗物だけになってしまった。テレビでお馴染みの「未知の生物」は、こんなものだが、心を軽く揺さぶるには適当だ、と興味本位で左右のポケットにしまってある。

未知の生物と呼ばれるものの存在は世界各地で囁かれる。例えば、ヒマラヤの雪男。「ああ、あれね！」と、一枚の写真を想像する方もいるだろう。また南米のチュパカブラ。こちらは恐ろしげなネーミングだけに私の記憶の底にすとっと落ちた。その奇怪さ、どこか惹かれるものがある。また、カナダのオゴポゴ、パプアニューギニアのミゴー、インドのムノチュア……等々。イギリス・スコットランド地方のネス湖にいるとされるネッシーはじつは作り物であったことが明らかにはなったが、実際深い深い湖底に何が棲むかは謎である。などと勝手にややこしく解釈してスリングさを楽しむのも未知の醍醐味の一つだ。

我が国でいえば、河童やツチノコなどがその未知の代表格に上るだろう。科学の進歩から様々なアプローチも施され、現代では、河童はじつはあれだったんじゃないか、ツチノコはこれだったのじゃないかと様々な憶測も立てられるものの、浅草の曹源寺には河童の手のミイラと称されるものが現存したり、地名にその名残が見えたりと、まだまだミステリアスな雰囲気を漂わせる。

それぞれの国に出現する未知なる生物は、各々その国の特徴が現れているようにも感じる。南米のチュパカブラなどには、吸血怪物の割に、私個人の見解だが、どことなく大らかな印象を抱く。一方日本の幽霊にはこの国民性の持つ、凛とした静けさの奥に、佇むような畏怖が表現されているように思えてならない。その国々の風習、風土が根底にあり、それら未知の生物が存在するようだ。

未確認飛行物体（ＵＦＯ）は世界を股に掛ける。アダムスキー型、円盤型、球型、葉巻型。三角、菱型、ドーナツ、Ｖ字、ピラミッドと、これは型の種類。宇宙人の類も火星人、金星人、グレイ、ノルディック……などという報告がある。中には見るからにインチキだろうというものもあるが、そこは愛嬌で済ませられるのが、また良い意味で未知の許容範囲でもある。しかし、未知は未知でもこちらは宇宙規模なだけに、想像を逞しくさせられる。
テレビの特番などで、このUFOを取り上げることも多い。UFO出現！　と共に流れるあの「チャララ～ン、チャラ、チャララ～ン♪♪」というスパスパ切れそうなブラス音をご存知だろうか？　私はあの音を耳にする度、鋭利な刃物で背を突き刺され、更にグワッと心臓を鷲掴みされるような感覚に襲われる。耳にすればこちらもきっと「ああ～」となるだろう。十秒にも満たないフレーズだが、これはただものではない。隠れた名曲であると私は思っている。

無駄な話も二、三交え粗雑な私の未知を書き出してみたが、大方の人が抱える未知などとはこのように、一種「怖いもの見たさ」の趣があろう。顔を手で覆い、指の隙間からそっと覗くような〝そそられるもの〟その程度のインパクトだ。そして、その心理には避けれれば避けられるという心の逃げ場がある。雪山に行かず、南米にも渡らず、この日本でぬくぬく生活している限り雪男《ゆきお》やチュパに遭遇することもあるまい。そんな隔たりが気安く興味を倍加させる。それはあくまで表面上で気持ちがやおら傾いた状態に過ぎない。

もっと、強いもの。もっと真に知りたいものがあるだろう？　と心に問いかけたらどうだろうか。本当は皆、薄々感じてはいるはずだろうとも加える。すると、これだけは避けられない、どう足掻いても訪れるものがチラリ。人の思いの奥へ奥へと進むと、必ずそこに浮かび出るものがある。誰もがそれを忌み嫌い、出来る限り遠くに置きたがる。そして、避ける傾向があるが、無意識の心の底には知りたいという願望が何よりも増して潜んでいる。そう、それは死後の世界だ。死んだらどうなるのだろう。どこへいくのだろうという恐怖は、やはり人が一番関心を持つものだと思う。

そして、いよいよここからが本題である。死というとどこか暗く湿ったイメージが先に立つ。まあ、カラリ明るくという方が難しいだろうが、やがて必ずや、やってくることは分かり切っている。とうとうその時が来て、その土壇場で「いよいよ俺も……」とは、覚悟をしつつも、見苦しくうろたえたりはしたくないものである。そのためには、少しでも前向きになれるよう心の準備を整えるべきだ。そこで一つ考えた！　お前のことだから、またバカなことを語りだすのだろうと言われそうだが、まあ、聞いて欲しい。

「死後の世界を見ました」「行ってきました」という人間も、私の知る限りにおいてかなりの数に上る。しかし、その内容を確かめると、どれもが漠然としていて淡い夢でも語るかのようにしか思えない。ホワホワとしていてシュッとしたところがない。……のようだ、……かもしれない、の世界である。そんなくもりガラスを透け透けに変えるには、例えば、一枚の障子を隔てて、あちら側（あの世）に私がいて、こちら側（現世）の誰かが質問を投げかけると、即座に障子の桟がカタカタ鳴ったり、プッツリと指一本分の穴が開くだとか、ジャックの先がどこにも繋がっていないのに、ヘッドフォンから私の声がするといった、万人が「ほう！」と思えるものでなければいけない。〝気〟でなく五感に訴えるのだ。私がその仲立ちを引き受けよう。あの世の全てを語るため、私は旅立つのだ。そして、「全人類が共通に抱えるであろう、死後の世界を明確に解き、この世の人々が抱える不安を少しでも解消させましょう」という壮大なプロジェクトである。

「ご臨終です」との宣告と同時に、私は「さあ、出番だ！」と意を決する。しなびた亡骸を目に、数人くらいは涙を浮かべてくれるかもしれない。数メートル上空からニヤニヤとそんな情景を眺め「ありがとう」と一声囁く。そして実況が開始されるのだ。「今の様子は？」と現世から質問が飛ぶ。私は「そうですね～、かなり眩しい光が見えますよ……」などと滑舌よく走り出す。生存中は、あまり善行もない私だけに

「下へ行け！」と所謂《いわゆる》、地獄とやらへ送られる可能性もある。それならそれでいい。閻魔の顔を拝んでやろう。どのような形相か、罰は何を与えられるのか、ここでもやはり賄賂は効くのか？　いろいろと探って、その詳細をお伝えしよう。ああ、想像しただけでもドキドキしてくる。

兎に角、あるがままを報告し、現世の人に、成る程、そういうところなのね～、と納得し何も心配するほどのところではないなと感じてもらいたいのだ（あくまで安全な場所と仮定してのことだが）。これは私の最後の人類貢献であり、人生の集大成だ。

このように、死後の様子を正確に、こと細かく伝えたいという思いは強い。だが、はたと思い当たる。私は携帯、スマホは勿論、ペン一本、紙一枚も持っては行けないのだ。いやいや、この体すら置いて行くのである。どのような通信手段が可能かは、向こうへ行ってみなければ分からない。また、こちらにはこちらの法があるように、あちらにはあちらのルールがあるのかもしれぬ。「世を跨ぐ取り交わし厳禁」が無いとも限らない。ただ、私は命懸けで連絡をとる。命懸け？　というのも何か妙だが、特に「ここへは近付いてはいけない」と私が危険を察知したなら、隠れてでもあらゆる方法を模索して必ず知らせよう。残る皆は、この世で出来る限り命を延ばされよ。

日本語より英語だろうか？　文字より極秘の暗号が有利だろうか？　細かい点はまだ

詰めていない。しかし、それよりこんなバカに同調してくれる人間がそもそもいるかが問題だ。私より長く生きて、そして私くらいバカな人材が四、五人は欲しい。ああ、その前に、何より私が死ぬまで呆けずにいられるかが不安でもある。

ともかく、それら諸々の条件が全て揃い、晴れ晴れとあの世に一歩踏み出せることを切望する。あまりに素晴らしい世界に報告が途切れることも、ままあるかもしれない。連絡がない際は、楽しくやってるのだなあと思って頂いて結構だ。ただ、あまりに知らせがなく、そんなに良いところなのかと感じても、彼方此方《あちこち》世を移り住むことを急ぐべきではないように思う。それはご褒美だ。サウナで、じっと耐える。汗が一筋、五分経過。玉の汗に、十五分――さあ、もう駄目だと、更に二分我慢する。そして、ふらふらに干上がり、九死に一生を得る思いで水風呂に浸かる快感は、この世のものとは思えない。あの世が楽園であればあるほど急がず、辛抱の末の褒美と捉える方がいい。きっと楽しみが増す。

しかし、思えば、今まさに己の死に直面して、その瞬間に目を爛々とさせ、いったい何が起こるのだろうと好奇心に打ち震える魂を持てるとしたら、これ程幸せな人生はない。

○○○珈琲

朝食後に一杯。昼は食と共にまた一杯。そうして、夕は夕で満腹の腹を、舌を新たにそのコクと香りでまとめる。少なくともこんな風に、私の喉には一日三杯のコーヒーが注がれている。また更に、それらの食間に冬なら体を温めようと、夏なら水分補給に、春や秋の穏やかな季節にはリフレッシュ、精神集中にと口にする。こう多量に飲むどれもがもっともな理由だろうが、きっとおいしいからというのが正直なところだ。食後の一杯が二杯になるケースもある。いったいどれだけ飲むのか。こう文字にして改めて客観視すると、いやいや本当に好きなんだな～と我ながら思う。

近頃世の中は、何事にも質を重視する傾向にあるように思う。所謂いいもの！　である。今テーマのコーヒーも間違いない。同路線だ。安かろうまずかろうにまずメスを入れたのはコンビニ業界である。大いにうまかろうに昇華したと誰もが言うだろう。まさにムム！　と思わせる。コンビニコーヒーがムム！　なら、市販のインスタントコーヒーの成長は概ね、ほう！　と言ったところか。私はこの辺のムム！　や、ほう！　で、十分の体質である。……ま、これまでは。

つい最近だが、私はあるコーヒー（いや、ここは珈琲だ）店に通い始めた。本格的珈琲を飲ませてくれるお店である。その舌を十分に喜ばせる、あの安物のコーヒーがありながらなぜ、そのような洒落た店にお前如きがと思われるかもしれない。それには幾つか訳がある。

あらかじめ言っておくが、私は決してこの珈琲店の回し者ではない。このおいしい珈琲を宣伝しようなどという意図もない。私のような名も無き初老に語られては、むしろ迷惑だろう。豊潤な香りが飛んでしまう。コクのある苦味の腰が立たなくなる。宣伝が逆にマイナスである。お願いですからやめてください、とも言われかねない。私個人が、勝手に惚れ込んだのだ。

この店は民家風の造り、そして趣のある門構えが特徴的だ。そんな和テイストに和みを感じたことも一つある。だが、主軸は次の三つだ。①いい歳、②ＩＮ・ＯＵＴ説、③淡いもの、以上である。順次解説しよう。

①　いい歳……間もなくフィフティの私。文字通り、もういい歳である。たしなみ

が必要じゃないのか？　と心が語るのだ。折々でパッと自己を振り返る瞬間に、お前には何もないじゃないか、と。大人の嗜み……ここぞと酒にでも結び付きそうだが、普段飲まない私が今更この歳で始めたところで、俗なオヤジに成り下がるだけである。高級店では経済が続かない。どうしても居酒屋となる。そこへ来て珈琲だ。「おじさま」っぽくは見えないだろうか？　などと企んでみた。私のこの薄い頭頂の哀れみに、おじさまの声は、「お」が抜けて「じさま」止まり。それでもいい。フラリと入る珈琲店。トロリ艶めく黒い液。カタリいわせてカップを拾い、コクリ静かに胃に落とす。ん～ダンディズム。あくまで個人の意見だ。

②

ＩＮ・ＯＵＴ説……あまり綺麗じゃない話で恐縮である。力んでこしらえた物に粒コーン、そんなものを見た人も多いだろう。「ああ、そういえば食べたっけ……」と思い返させる鮮烈さだ。間違いなく入れたものが出た瞬間である。そんなＩＮ、ＯＵＴ。それは決して、食べたものだけとは限らない。思想、行動や言語等々、自己から発する全てのものは、いつかどこかで吸収したものに違いないのだ。どことなく品を感じさせるご婦人には、きっとそれなりの上質な教育が施されたはずである。上質を出すには上質を入れることだ。そこで、

③

私は格別においしい珈琲を流し込むのである。勿論、下から麗しいお小水を出すだけではない。質のいい苦味や酸味を取り入れて、錆び付いた鉄の色や奥歯をギュギュっと噛む筋の音、そして空間を遠く見る大人の男の色気、とでも言おうか、そんな味を全身から発散させようという目論見である。何かにつけ、このとかく落ち着きのない性格をいやと言うほど思い知らされる日々だ。少しは大人らしい余裕という精神の余りを、とうとう足元から足らしてみたいものなのである。

淡いもの……敢えて三番目にこの項目を置いたが、正直いえば、これが取っ掛かりで、ここから気持ちをグイと持ち上げたのである。偶然つけたテレビに、ここの店長さんが映った。私もたまには男である。是は是、非は非という時もある。綺麗なものは綺麗だと言う。思わずああ、綺麗だ……と呟いた。そして、おお！　と、私にもまだこういう淡いものを仕舞っている引き出しがあることを発見した。もう最近では、とんとこのような扉は何かに引っ掛かって開かないものだとばかり考えていた。無理に開けたところで、色褪たぼろきれが数枚残っているだけだろう、とさえ思っていた。ツルツルと剥き身のような光沢を持つ、赤でも黄でもない、そんな淡い情をこのまま枯らす手はないと考えた。いや、大丈夫、決してその先は望んでいない。

そんな諸々に叱咤され、兎に角週に一度はここへ通おうといつか心に決めた。さすがは珈琲店の珈琲である。種類も豊富に、どれもが一杯五百円程する。決して高くはないと言うのかもしれない。だが、これまで家にあるインスタントやコンビニの百円でやり過ごしてきた者にとっては、かなりの高級品である。しかし、ここでしけたオヤジと思われてはならない。ダンディズムを貫くのだ。落ち着き払ってこれを二杯頂く。授業料と思えば安いものだ。体の芯に取り込みながら、大人の男を磨くのだ！の意気である。

さて、通い出して三度目、つまり三週目のフラリお店へ入った時である。例の綺麗な店長が「いつもありがとうございます」などと言うではないか。耳や目や、穴という穴が咲くように開いた。それは、こんな私を……との驚愕であり、覚えていてくれた……という感謝の念だ。常に賑わっているこの店である。主だった特徴もないこの平凡な相貌をよくぞ！　と涙の出る思い。客の顔を覚えることは、接客の基本かとも考えるが、やはり、それであっても嬉しいものだ。抑えて顔には上らせぬつもりだったが、きっと、いびつに歪んだ老顔として表出したに違いない。おまけにあろうことか、私が以前わざとらしくびっしりと文字で埋め尽くしたＡ４の紙を広げ、難しく睨んでいたことを記憶していたらしい。「何か……書くお仕事をしていらっしゃるのですか？」などと、またまた嬉しく私を突いてくれる。まだ六杯目だというのに、淡いものが胸の内でプチプチと鳴るのである。これは丸々全てが商売上の手法とは言いかねる。心づかい、おもてなしであろう。いや、もしかして好意か？　美人薄命はきっとある。しかし、美人＝性格が悪いは迷信である。屈託の無い笑顔に、私はそう確信した。

何事においてもバランスが肝要である。思いがけず③の淡くいいものが好調な出だしを見せているが、①や②の男としての骨格を作り上げる項目へも心を込めねばと、ある日自戒し始めた。ただ漫然とニヤニヤしながら流し込めばいいというものでもない。

メニューを広げるとたくさんの珈琲の名が並んでいる。ブレンド、キリマンジャロ、モカ、ブラジル……ｅｔｃ。その中から、来るたび二品選ぶわけだが、いつも特に今日はこれとこれなどと決めて臨むわけではない。目に飛び込んできたものをオーダーする。そうしてカタリ、コクリ、濃い味を胃へ送り込む。今日の一杯目には、アイリッシュなるものを頼んだ。これも中々に珈琲だ。苦く酸味も利いている。来店の度、この黒いものを充填しながら、私は日々の雑事を何とか言葉に置換できないものかと悪戦苦闘しているが、本音はきっと綴る文字のどこかに良い味が出ないか、と、正直そんな期待ばかりが先に立ち一向に進まない。私の背の右側で、うちの息子がどうの、借金が何がしと、おば様二人が話し込んでいる。そんな世間話を主題のように、いつの間にか頭の真ん中に据えているとは、如何に自分が集中力を切らしているかの証である。いけない、いけない。親不孝のどら息子から、おば様の家庭の事情を掘り下げているうちにいつの間にか、カップは空である。すみませ～んと、二杯目にブラジルを注文した。

珈琲の種類は確かに多いが、何度も来るうちには当然同じものをまたお願いすることになる。このブラジル珈琲も間違いない、一度口にしている。この苦味がおいしいのだと、舌が感知する前に前回の記憶から味を予測すると、ん！　と思った。こんな味だったかな？　と、それは疑問に変わる。確《しか》と信じたものにあっさりと裏切られた気分。こんなにも馬鹿な舌だとは考えもしなかったが、思えば写実まがいに見たものを言葉に並べるより、この味覚という漠として主観的な感覚を文字に表すことは、甚だ難しそうである。殊に珈琲となれば、その味の構成は酸味、苦味、香り、コクと、この辺りに尽きよう。遅れたが、大人の私はブラックでいく。苦み走った、そんな難しそうなものほど手を出してみたくなる性質である。早速、日常の描写を横へ追いやり夕刻訪れたその日から、これら多種の黒いものを文字に立てようと決意した。

手始めとしてモカに挑む。程良い苦味、そして、その後にくる柔らかい酸味。香りに気品あり……と、書いて何のことだ？　と自分でも分からなくなる。あまりに抽象的だ。傍らのメニューをパタリ開くと、それぞれの珈琲の名の下に注釈が付いている。例えば、今私が紐解いたモカブレンド。フルーティーな酸味と適度な苦味、そして、しっかりしたコクも兼ね備えた云々とある。成る程、そのような気もしないではない。しかし、何か足りない。もう一歩ズバリとした形はないものか。客観的に公平、公正と考え、現状分析と思い付き、レーダーチャートを紙に書く。酸味、苦味、風味……などと幾つか項目を設け、それぞれ五段階評価で点を打つ。そして、その点を結ぶことで独自の形体になるという寸法だ。一度、水を口にして舌をリセットする。ん～、苦味三、酸味四、あくまでこの舌任せである。するとおかしな五角形が出来上がった。真ん中に日付と「モカ」と記す。

風の強い午後である。一杯目にオーガニック珈琲をオーダーし、まず香り、そしてそれから一口啜り苦味は五だなと、そこへ点を打とうとした瞬間である。ある人物の顔がふっと過った。そのお顔とは、もう既に退職されているが、私も随分とお世話になったN部長の怖い表情である。仕事には厳しい人で、常に怒った顔のイメージしかない。当然の如く、皆からは恐れられていた人間だ。ただある日、一度だけ、私は、恥ずかしそうに、そして如何にも作り物のように隠れて小さくこぼした笑顔を見てしまった。彼を、この図の上に呼んだらどうだろう……。苦味五、風味四、後味五。この後に残る味とは、善悪ではない、インパクトだ。恩情に「甘み」と項目を一つ加え、二にマーク。「N部長」と余白に書き添えた。そして眺めて、ああ、こんな人だったなあと遠く懐かしむ。

鮭

リビングで一人テレビを見ていると、ガチャリ扉が開き高一の娘が入ってきた。PM９：15、二月、風の強い夜である。私は慌ててチャンネルを回した。いやなに、別におかしなものを見ていたわけではない。「ＮＨＫニュース」である。そこにはこんな思考が働いた。

「年頃の子の常か？　娘の心はとうに父から離れている。そこへきてニュース、ましてやＮＨＫである。こんなカチカチの番組に関わっていては、この親子の距離は遠のくばかりなのである」

満員電車で席でも譲るかのように、出来うる限りスマートに娘の好きそうな娯楽番組にチャンネルを替え、そ知らぬ顔を装ったのだ。しかし、おもねたように取られても男として癪である。わざとらしいバカ笑いなどもっての外だ。さわさわと不穏な空気が流れる。もしや、と一瞬思う。勘の鋭い彼女のことだ。これら一連の状況や空気の色の変化で、ぎくしゃくした私の心情など、即座に読まれてしまったのではなかろうか。娘は無言で私の横を通り過ぎ、冷蔵庫から何か取り出し、また私を空気の如く素通りして部屋を出て行った。何か親父の不甲斐なさでも観察されたようで、怒りに勝る悲しみが込み上げた。

だが、しかしである。惹かれるのだ。このカチコチに。四十五を越えた辺りからであろうか。ジャンルで言えば大衆向けのドラマやバラエティー、お笑いといった、さらりとしたものから急速に興味が薄らぎ、代わってこんな濃い、ごつごつしたニュースやドキュメンタリーに心奪われるようになった。考えてみると、きっとそこにある「真実」という重みにハッとして、笑わせてやろう泣かせてやろうという計算のないところにグッときたのかもしれない。どこかで聞いた歌詞のような心情である。しかも、それでいて作り物の笑いや偽りの涙以上の感興を催すのだから、しぜんと、ああこれぞ本物だ！という実感も湧く。重く、熱く、硬い。まさしく若者から嫌われる要素の集合体である。娘が遠ざかるのも頷けるが、一度この味を知ると、軽く涼しい、そして柔らかい、そんな類のものへ戻ることは難しい。

また同時に、私の味覚に対する嗜好も、ここ最近変わりつつあるように思う。

ごぼうがうまい。私は会社へ妻の作る弁当を持って行くが、あるとき蓋を開けると、このごぼうが出た。ニンジンの橙《だいだい》がまばらに散るせいか、余計それは暗くまずそうに見える。

生産農家の方にはまことに失礼な話だが、このごぼう、以前の私なら「ちょっと細い木」ぐらいな気持ちで口に運んだものである。その日も口に入れる間際までは同じ思いであった。ところがどうだ。一つ奥歯で噛みしめたとたん、私は「なんじゃこりゃ～」と口走りそうになった。うまいのだ。じつにそのおいしさの言い分が分かるのである。土の養分を余すところなく味で表現してみました、とでもいうような独特のこくが、噛めば噛むほどに、うんうんと小首を縦に振らせるではないか。おまけにたまらないこの噛み応え。硬すぎず柔でない。しっかりと歯の根に圧が掛かる。ん！いいぞと、惜しみつつ一本一本喉を通した。

どうやら私は大変な間違いを犯していたようだ。ごぼうと言うと、どこか年寄りくさい食べ物だとばかり考えてきた。入れ歯のフガフガに負担は大きいだろうが、そんなごぼうや或いは、たくあん等はじつにお似合いであると。そして、それは今風の食べ物についていけないゆえの、一種の時代に対する敗北であり、やむなく口にしていたるのだと……。とんでもない。こう知ると年寄りは何よりおいしいものを食していたことに気付く。あのフガフガはトリックだ。さもまずそうに見せるべく、敵を欺くための作為に違いない。

元々、私はあまり食べ物に好き嫌いは無い方だが、これ程「うまい」と感じ入る物も珍しい。そう思い、改めてよくよく焦げ茶の棒を見るが、やはり特段変わったところもない。いつも目にするキンピラごぼうだ。ましてや、あの妻のことである。どこか名のあるごぼうを切ったとも思えない。味付けにしても、彼女独自の雑把な勘で醤油を垂らしたに過ぎないはずだ。なら、この舌が変わったか？　と、まだごぼうの味の残る舌をちょろちょろする。味を感じるに当たっての視野や角度が広がったのかもしれない、と一考し、また一本口に入れた茶棒が、そうに違いないと語気を強めさせる。食べ物を味わうのは口の中ばかりではない。目や耳や鼻の奥に残る遠い記憶が、ふとした拍子に呼び覚まされ、この純朴な香りと相まって一味も二味も華麗に変化する。そう捉えると、歳を取るのも悪くないものである。

振り出しに戻り、またこのごぼうの、どこにこれ程自分は惹かれるのかと小難しく考えていると、大儀そうに一つ引っ掛かるものが脳の一隅をかすめた。

どのような手順で、そこへ辿り着いたのかは覚えていない。インターネットを繋ぎ幾段か、とっと飛び石を渡るように話題を跨いでいると、全く予期せぬ形で「屠殺」

などという文字に突き当たった。その瞬間、何か嫌な予感がした。すぐさまこの漢字を読むことは出来なかったが、どうも「とさつ」と読むらしい。加えてその横に閲覧注意とある。「屠殺」と辞書をひくと、家畜などの獣類を肉、皮などを取るために殺すこととある。また、頭の「屠」。これは「ほふる」とも読み、鳥獣などの体を切り裂く、また、皆殺しという意味である。常用漢字ではない。ここまで来ると見なければよかったとの後悔も起きたが、一方でここまで来た以上、最後まで見てやろうという気にもなった。覗いてはいけないものの前に今私はいる。そんな緊張に駆られる。トントンと緩くノックし扉を押す。「ギ、イ〜」と軋む音がした。

世界は広いなあと思う。こんな不吉な屠殺に関する動画を、いったいどこの誰が投稿するのか分からないが、目の前の便利な箱の中には数え切れないほどある。いや、不吉だからこそというものかもしれない。ここで前以て言っておかなければならないだろう。不覚にも、つい興奮して出だし、この不吉という文字を連呼してしまったが、この先、様々な画像を見るごとに、私のその感覚はガタガタと崩れていく。ネット上への投稿を決意した人たちの、その本意を知ると、不吉などという言葉はいささか不適切な表現だったとも反省させられた。この意を持って、どうぞお許し願いたい。

では拝見した順に、見たままを書き記してみようと思う。

初めに開いた動画は、フランス・パリ郊外のガチョウ飼育場。世界の三大珍味と言われるフォアグラの生産工場でもあった。そこにまずは愛らしいたくさんのひよこがピーピーと戯れる場面から始まる。傍らには一本のベルトコンベアーが設置されており、カメラが切り替わると一人の男性が登場する。場所は同じだ。彼はてきぱきと、いかにも仕事といった風情で一羽ずつひよこを手にしては、クルリ腹側へ向きを変え何事か確認した上で、あるものは目の前のベルトコンベアーに、また別のひよこはその奥にある銀の大皿に投げ入れる。ナレーションが流れた。説明で、画面中の彼がとる行動はオスとメスの仕分け作業であること。そして、その理由としてメスとオスとでは肝臓の味に違いがあるのだという解説が加わる。オスが美味らしい。選ばれたオスたちが一列になってベルトコンベアーで流れる。一方、はじかれたメスだが、こちらは無残にも一つの袋にまとめて入れられ、圧死ということになるそうだ。国として、この処置を合法と認めているとはいうが、家畜とはいえ訳も分からぬまま無理やり殺されて合法もあるまい、と当然冷めた思いが来る。ピーチクと一難を無事切り抜け生き延びたオスを、運良くと言いたいところだが、彼らにはその後、死に等しい苦しみが待っていた。ある程度の大きさにまで成長すると、一羽ごと身動きの取れない鉄の檻のような環境に置かれ、じき強制給仕が始まる。胃まで直接餌を送り込むための長い金属チューブを、嫌がるガチョウの口をねじ開け差し込む。即時ドッと流れ込む栄養過剰なその餌は、彼らの食欲など一切無視され、ぶち込まれるのだ。その光景は見るに堪えない。味わうことなど許されず強引に養分を送り込まれている間、ガチョウは恐怖のあまりだろう小刻みに震えていた。やがて給仕が終わるとたまらず吐き出すものも多い。中にはショック死する鳥までいるというから、過酷極まりない。そんな壮絶な生き地獄を歩み、やがて丸々太ると、お役目終了とばかりに首を刎ねられる。ただ実った肝臓だけは宝もののように扱われ、人間たちの食卓に「珍味　フォアグラ」です、として上るのである。様々な工程において手を下す彼らを責めるつもりはない。仕事の上の責務に動かされる部分もあるだろう。ただ、初めて目にする者のやり切れなさが、善悪やら虚無やらを引き連れて思考を混乱させる。

一呼吸置こうと、コーヒーを啜る。複雑な気持ちはとてもすぐには整理のつけようもないが、ここで引き返すのは何かを残すように思った。「牛　屠殺」をクリックする。

ここもどこか外国らしい。一本の通路を通ってゆっくりと一頭の牛がこちらへ近寄ってくる。男性が一人現れ、手にした棒状のものを、その牛の額に押し当てる。するとどうしたものか牛の体はガクガクと揺れ出し、まさに頽れるといった格好で横倒しになる。男は動かなくなったその牛の二本の後ろ足を、専用らしきフックに引っ掛ける。すると重い体は、一旦ズルズル地べたを這ったが、すぐに高々と宙釣りの状態になってしまった。この男性が牛の額に当てたものは高電流だという。体内に電気を通され一瞬で牛は殺された。死から途端に個体は肉として扱われる。淡々とことを進める男の無表情がやけに印象に残った。そして通路にはまた、次の肉が来るというわけである。

吊り下げられた体が大きな刃物で腹部を縦に長く切られ、そして更に首を刎ねられると、血と体液が一気に流れ出る。これ程の量か？　と、私は呆然とした。ほとばしる勢いは一向に衰える気配を見せぬまま、それはまだか、まだ止まらぬかと愕然とするほどに永く、つい先程まで確かに生きていたと思わせるには十分過ぎる感があった。高電流による死で、一度肉と化した一頭の牛だが、もうこの後は疑いようもなく肉塊でしかない。

その後、豚を見、鶏を見る。そして、これ以上この胸はもう一杯だというサインをどこか聞き付け、私はＰＣを閉じた。

頭の中の至る方角から「おまえたちのために生まれたのじゃない！」という声がする。どれも悲痛の叫びである。確かにそうだ。人間は食い過ぎる。あれもこれもと手当たり次第口にする。もう少し節度があってもいいはずだ。ぱっと脳裏に「食物連鎖」の文字が輝き、人間がその最上段にいた。いまいましい目つき、憎憎しげな口元。それにしても……だ。全て人のため、それが今の世の基本になり世界は回ってい るが、これは正論か？　長い目や広い視野を使うと人のためは、要するに他のためにならずは十分に立証できる。やがてはそんな奔放な「人」に不利益が巡り巡って訪れる。末はそんなことだろう、という気になる。

この世は答えのないものが多過ぎる。なぜ生きるのか。なぜ死ぬのか。なぜ私は人間なのか？　まったく分からないことばかりだ。そんな中に、なぜ食うのか？　の問いも永遠に明答を見出せないまま、きっとある。食とは何だ？　と突き詰めて考えれば、動物は勿論、植物であろうと、他の命を奪い己の養分として取り入れることだ。自分のために誰かを犠牲にする。それが食であり、生きるための唯一の手段である。幾つもの命を奪ってまでと考えると、この生きるという行為そのものを否定しかねない。ならいっそ死ぬか？　だが、さりとて生まれ出でた命だ、それも許されるものか疑問である。偶然に覗き見た屠殺の情景を時折思い出し物悲しく思ったり、人間を強く嫌ったり、ごめんねと呟き、その肉に齧り付いたりしながらも、やはりおいしいと感じつつ、うやむやに死んでいくのだろう。一生、牛や豚、鳥など動物の肉を口にしない自信はない。現場を見てショックを受けた心情からは大きく矛盾するが、人としてのおごりを自省しつつ口にすることで生かされていることの感謝を……とは、甚だ綺麗ごとだろうか。

弁当の蓋を取ると鮭の切り身。パクッとかじり付くのは先日の私。ん、うまい！とごぼう級の賛辞を吐いた。そして、牛豚鳥の動画に傷ついたばかりではないか？と、思い出す。鮭だから、魚だからいいという理由はない。この身の主も立派に命を表した輩だ。悲痛の舌の根も乾かぬうちに、こんなうまいなどという声を漏らす自分が悲しい。しかし、やはりおいしいのである。ありがとう……ごめんなさい……呟いてみる。

鮭皮が何より好物であったといわれる歴史上の人物に前田利家がいる。一畳の鮭の皮で城をくれてやろうなどとの逸話もあるほどだが、当時は川も海も今より余程綺麗だっただろう。皮も数段うまかったに違いない。だが、私はやはり身である。ほんのり淡いピンク色。そして柔らかく、優しい味だ。ジュワッとしみ出す脂が、また口におとなしい。ふと、あの鮭の顔が浮かんだ。あんな怒ったような難しい顔をしていながら、身はほんのりぽっと優しい。

突然リビングの戸が開いた。また娘である。思いがけない再訪に私は少々焦った。体もカチリ硬まった状態である。うっかりチャンネルを回すことも忘れていたほどだ。しかし、頭にはまだ、あの鮭がいる。素通りする娘の横顔にチラと目をやる。おっ！　このむっつり、そして怒りの表情……鮭！　と来る。さては鮭だな。内身にぽっとある、あの赤みだ。もしや意外と……この私に近付いてみたくもなったのではと、冷蔵庫から戻ってきた娘に「おぬし鮭だな？」の意向で、ふっと顔を上げるとバチッと目が合う。その瞬間、私の抱くほのかな期待とは裏腹に来た「はあ？」と語尾の上がる冷たい返礼。即刻、私は海中に撃沈させられた。だがなおも縋るように彼女の背に鮭だよな……鮭なんだよな……と哀願らしく問いかける。そんな私の身は、とても淡いとは言い難く、腐った親鮭を思わずにはいられないのであった。

3・14

東京の南約千キロ、父島の西百三十キロに位置する、小笠原諸島の西之島付近の新島が日増しに拡大を続けている。

始まりは二〇一三年十一月末頃に起きた海底火山爆発である。海上保安庁が直径二百メートル程度の島を確認した。そして、その一カ月後には面積を五倍に成長させ、同月二十六日、西之島と一体化する。二〇一四年九月、新陸地は東京ドームの三十二倍となった。そして、二〇一五年三月現在、面積は東京ドームの五十二倍にまで広がり、なお、未だその活動は衰えていない。

大陸と呼ぶには大袈裟だが、このような新たに陸地が出現するという、地球規模での変化は、私はてっきり何千年、何万年という気の遠くなるような長い年月を経て、ようやく形になるものだとばかり考えていた。まさかこんな日一日と目に見える形で様変わりするとは驚きである。まるで太古を眼前にするようで、まことにいいものを見せてもらっていると感じる。今のこの瞬間に生きなければ、こんなムクムクと肥大を止めぬ地球という星のダイナミズムは体感できなかっただろう。日本の国土が拡大するのだろうかなどと、直接私には何の利害も生じそうにないが、一切合切そんなことも含めて何やらドキドキわくわくなのである。いったいこの島はどこまででかくなることやら、今後も目が離せない。

厚生労働省の資料によると、二〇一三年度、日本人男性の平均寿命は八〇・二一歳。この数字と、何事も平均的な自身から推すと、私の一生が閉じるまでには三十二年の猶予があると考えられる。新島拡大のような、こんな気持ちの大半をロマンで占拠される出来事に、あと幾つ遭遇するだろう。

自らロマンに浸ろうと世界遺産巡りなども是非やってみたいものだと考えている。何せ世界が認めるのだ、必ずやググッと胸にくるに違いない。ただし、その前に経済的なものがまず、ググと胃にくることを覚悟しなければならぬ。あくまでそちらが許せばの話だ。

と！　そうそう、あと五年後の二〇二〇年には、東京オリンピック・パラリンピックがあったっけ。都内周辺は現在、その開催へ向けた準備で整備やら建設やら大わらわと聞く。

アベノミクスの三本の矢で二〇一二年末辺りから上昇へ転じた株価は、二〇一五年三月時点、一万九千円を上抜けた。二万円の大台まで、あと一歩である。二〇二〇年東京オリンピック・パラリンピックも、その沸き立つ相乗効果で、日本という株を引っ張り上げていることは間違いない。政府が声を大にする企業努力（賃金アップ）の恩恵は、期待満々の私などが所属する中小企業にはまだまだ影は薄いものの、大手にははっきりと提示があり、軒並み四千円、五千円と景気の良い話が聞こえてくる。これでひとまず、上層部は踊り始めたと見ていいだろう。時間はかかるが、必然的にそのおこぼれは下層へも滴り落ちる。

この日本は二〇一一年三月十一日の世も終わりかという東日本大震災後も数多の災害を経験し、そこからまた何くそ！　と、奮い立つ人々を多く輩出させた。そして、いざ復興！　まさに夜明け間近の朝を睨んでいる状態である。酸いも甘いも味わうようで、私の歩む人生にも、幾分厚みの増す思いだ。東京でのオリンピック開催は、この長い歴史の中でもたった一度だ。二回目となる貴重なその場に立ち会えることは、まさに偶然の巡り合わせである。感謝、感謝のほかに無い。

「空を飛ぶ自動車」が先日ニュースに出た。まさかと思ったが、確かに自動車、そして、その車輪は間違いなく地を離れていた。夢だろうとされていたことが、どんどん実現していく。ただ、高所恐怖症の私には、その映像に優雅さとは別の感情を抱かせた。このハネの生えた車はまだ欲しくない。手近なところでセグウェイには乗ってみたいと考えている。ハンドルを握り立ち乗りのスタイル。あれならまだ地に着いていて安心だ。体重を傾けるだけでそちらの方向に進むというが、いったいどのような構造なのか。またなんとか工学とか、かんとか理論やらが幅を利かせているのだろう。とても私にはついて行けない。

「宇宙エレベーター？」――またもへんてこな名前を耳にした。ツ、ツーっと、デパートの七階へでも昇るように、その階をどこまでも伸ばしつつ宇宙へ行くのだという。ハハハハ、馬鹿げていると思ったら専門家、「可能です」と言う。ええっ！　この耳の故障をまず疑った。そして、更に建設のプロまでが造れますよと断言し、二〇五〇年までにと具体化までする。呆れて、あんぐりと下顎が落ちかけた。ロケットや飛行機等、飛びものならいざ知らず、ツ、ツーのエレベーターで地球を飛び出すのか。不思議な時代である。

一般人には当分手が届かないだろうが、数千万円で宇宙旅行が出来るらしい。この先、希望者が増えて技術面も様々な応用が利くなどして、手頃な値段でとなったら、是非私も……と、手を上げてみたいところだが、遊園地のジェットコースターに怯えていては覚束《おぼつか》ない。Ｇなどという重力と、秒速単位でのみ表される激烈なスピード感を大幅に感じないくらいに和らげてもらわねば、到底私には無理そうである。だが、外側から青い地球を見てみたいという欲求はロマン以外の何ものでもない。

ここまでくればそのうち、人の感覚は次のようになるかもしれない。「ちょっと街へ買い物に……」が、ニューヨークやパリ、ロンドン辺りの散策で、「引越しました」の行き先を見ると、「火星、〇県、〇町」となっている。お友達はいつの間にか火星人だ。こりゃ恐ろしい。

その他、農業では光の成分を人工的にコントロールし、室内で野菜を作ってしまおうという動きがある。その名も「野菜工場」。既に、生産、商品販売もされている。どこか油臭いイメージを私に抱かせたが、衛生管理は屋外で作られるものより遥かに徹底しているようである。紫外線、赤外線等の量を絶妙に調整し、味も思いのままというからびっくりだ。テレビに映った一面ガラス張りのその工場とやらは、異様な暗赤色の明りに包まれ一見研究室のようでもあるが、よく見れば奥にレタスが整然と並んでいる。まさに未来図だ。医療の分野ではまた、ｉｐＳ細胞が革命的な一石を投じた。

人間のあまりの奔放さに、同じ人である自身を時折悲観してしまう私だが、こう見てくると、やはり人という動物の英知はすごいものだ。様々な方面を切り開き、技術が可能性を押し広げる毎日である。技術立国日本。世界のトップをひた走る姿を目の当たりにする度、私はこの国に生きることを誇りに思う。

そんな誇れる日本が今、最も力を入れているものの一つにロボットがある。緻密さと手先の器用さ、そして何より一つのものを作り上げることに対して決して妥協を許さぬ、そんな良質の頑なさを多く持つ（私にはそう映る）日本人には、これぞピタリの部門だろう。

ロボットというものに明確な定義はないが、概して人の代わりに何らかの作業を行う機械、或いは装置となる。私はすぐ自動車組立工場で、前後左右忙しく稼動するアームを頭に浮かべるが、あんな鉄腕から、今日では清掃、巡回整備、介護にまで活躍の場は広がった。そして、更に楽器演奏やサッカー、卓球までこなすつわものも次々登場している。以前ロボットと言えば、恐らく多くの人には「ボ・ク・ロ・ボ・ト」的なコチコチカチカチのイメージしかなかったと思うが、最近目にするものは言葉は勿論のこと、動きまでじつに滑らかだ。ヒューマノイド（二足歩行型ロボット）の代表格、ＡＳＩＭＯがその好例である。

四年前の東京電力福島第一原発事故を機に、ここ福島にロボットの生産拠点をという動きがあることを、以前、メディアが大々的に報じた。放射線の充満する原子炉建屋にはとても人間など近付けない。彼らロボットの助けは不可欠だ。私は大いに注目している。

それにしても、途上国はまだしも、先進と言われる国の内情は、今後少子高齢化が進むのは道理である。活発に動く若い人の手や足が不足することが必至となれば、その代替作業要員としてあらゆるロボットが近い将来人間と共存することは容易に想像がつく。それも、ごく身近な存在としてである。

朝、目覚めると、プ〜ンと味噌汁のいい香り。ハア〜っと一瞬幸せに酔うが……！　わしは一人のはずじゃが……？　と、我に返る。そこへ「おはようございます」と、家政婦ロボが起こしにくる。よぼよぼのこのわしに、満面の笑みで接してくれる。今日という一日が最高のスタートを切るのだ。米の硬さも納豆の混ぜ加減もプログラムをセットする限り、望みのままである。

一九九九年にペットロボット犬ＡＩＢＯが誕生した。あれから十六年、今ではどのような優れた芸ができるかは知らないが飛躍的に進化する昨今だ、次のようなことにもなり得るかもしれない。ご主人の微妙な動作、臭気、或いは雰囲気さえ読み取り、病気の心配をしてくれる。もう専門の主治医、いや主治犬を家に置くようなものである。

そんな空想を、一人私はリビングで膨らませていた。傍らのケージには生身で愛犬のマーブルがいる。コトリとも音をさせぬ黒のフレブルである。寝息をたてるのも忘れるほどに熟睡しているものとばかり思ったが、ちらと見ると、首を三十度程傾けまじまじとこちらを窺っている。主治犬に己の座を取られることを案じたのではあるまいか？　まさか、とは思うが、そんな不安気なままなこである。大丈夫だよと笑うと少し安心したのか、舌を二度ペロリとして今度は私の顔と右手を交互に見咎める。私の右手からはご飯やおやつが貰えることを、こやつは知っている。何にもないよと、手をぷらぷらさせると怒り出した。ワンワンワン、ワン、ワンワンワンワン。ワンワンワン、ワン、ワンワンワンワンワン。分かった、分かったと、立って彼方此方おやつを探すが見付からない。その間も、マーブルの催促は止まない。ワンワンワンと勢い良く三つ訴え、一つ小さく甘える。そして、最後に力の限り四つ怒る。そんな単調なリズム。３１４、３１４……３・１４！　円周率か！　と、犬の彼に思わず突っ込みを入れた。また、三十度にきょとんと見る。

　食べ物の方がいいと言うに決まっているが、見当たらないので彼を抱き上げ膝の上に乗せてあげた。しばらく心地いい場所を私の狭い膝の範囲に探っていたが、とうとう見付けたのか、或いは、まあ、この辺でいいやくらいに思ったのか、腹を付けて顎も乗せてきた。やがて、ジンワリと両膝に温もりが来る。

　中学時代に習った３・１４の円周率が、じつはその先も１５９２６５３５……と永遠に続くことを知ったのは、恥ずかしながら社会に出てからである。この永遠、二〇一四年現在ではコンピュータにより１３・３兆桁まで演算されていると聞く。二つの整数を用い分数として表せる有理数に対し、こちらは「無理数」というのだそうだ。円周とその円の直径が、そんな奇妙な関係にあるとは……。何やらここにも一つ神秘を感じさせるものがある。その気の遠くなるほどの羅列した数字が遺伝子を形作るＤＮＡ二重螺旋に重なり、私の想像の中でぐるぐる回ると、そこにふと「生命こそが何物にも劣らぬ光源である」という囁きを聞いた思いがした。しかも、大陸の創造も宇宙へ延びるエレベーターも、この名の下にはぐうの音も出まいと笑うではないか。

円周率から生命の尊厳とは、一見跳躍が過ぎるようだが、３・１４１５９……と、考えを下へ下へ運ぶと何やら大切なものはきらきらと光って見え出す。例えば、膝の上のマーブルを一撫でし、その感触に重く浸っていると、私の相棒はこの子以外にはあり得ないという気持ちが強く湧く。如何に精巧に作られたロボットでも、こうはいくまいと苦もなく思わせるのだ。なぜそう感じるのだろう。自問する。２６５３５……。唯一無二という文字が、初めおぼろげ次第にくっきりと下の方の数字にくっ付いて出てきた。これは、殊更ぴかぴかと光る。だが、やがてその光沢の陰に少しは疑ってみろと、またなぜ？　を繰り返す。そうして心は上へ行き下へ向かいくたくたになりながら、「生の輝き」とようやく意を固めた。導き出したのか、帰着したのかは分からない。しかし、またそれは、死という切迫した緊張感がひたすらに磨くものを意識すると、生の真価とは儚さにばかりあるようで、それはいやだと否定する心が、またもや振り出しに戻すのである。

彼との思い出は、ほんのりと甘いものが多いが、中には酸っぱいようなそんなものもある。犬の平均寿命は長くても十五年くらいだ。我々家族より、ほぼ間違いなく早く逝ってしまうことに思いを馳せると、今度はしょっぱさが強くなる。酸っぱいやら、しょっぱいやら……。

君のおかげで、この家の中の空気が穏やかに、絶えず適温に保たれているというのに、いつか君が永遠に眠る、そんな場面を想像すると、まるで測れない私たち家族の動揺が心配である。難解な新種のπが、最後に長々と連なった。

幸せという名の点描画

人は幸せになるために生まれてくるのだ、とはよく言われることである。それは無論人ばかりとは言えないだろう。生まれてくるもの皆同様に幸せになる権利はあるはず。幸せ……大いに結構。どう生きようと自由勝手だが、やはり一生は一度きりだ。どうせなら幸せがいいに決まっている。

年初めの街頭インタビューなどで「幸せになりた～い」などというセリフが多く聞かれる。その殆どがやや甘ったるく、間延びした音と記憶するが、さりとて女性に限ったことではない。そこは男も同じこと。迂闊に弱さなど見せまいとする性柄ゆえ、口外は躊躇われるところだが、「いいのだよ吐露してごらん」と背後から両肩に温かい手でも乗せられようものなら、するりと出してしまうに違いない。「幸せになりてえ～」。いや、女強男弱の昨今では、幸せにして～というセリフもアリかもしれない。

この「幸」というどっしりと¥マークが大地を支える字面には、そもそもそこに安らぎを与える何かが存在していると見えて、おまけに優しい響きすら備えている分使い勝手も良いからか、前述の幸せになりた～いや、幸せにして～といったそんな幸福祈願の切ない声は、まるで腹減った～かのような使われ方が大多数。安直でどこか軽いように私など感じるのだが、如何だろう。真の幸せとは、も少し重みのあるものではなかろうか？　更に言えば世に出る所謂《いわゆる》幸福論は多々あるが、私はもっともっとこの幸福というものについて真剣に語られてもいいように思っている。十人十色、人、皆異色だ。幸せの観点も違う。

幸せとは何か？　そんな熟考への欲求はこれまでもしばしばあった。言葉の意味、或いはその語の指し示す域というか、そんなものを是非探求してみたいと事あるごとに考えるのである。

五十年程、テクテク歩いて来ると私にもそれなりに幸せの形というものが見えてきた。これも折りである。ここへ一つ気持ちを置こう、とそう思った。

恥ずかしながらのっけから思い違いをしていたことを、まず白状しなければなるまい。私は今回「幸せ」を語るべく、まずもって正確な言葉の意味を解かんと手近にあった辞書を開いたわけだが、しあわせ、しあわせ……と唱え、てっきり「幸せ」の文字が目に飛び込んでくるものと想像していたところ、この老視を捉えたのが、「仕合わせ」の文字。そして、つらつら講釈があり、その終わりの方に申し訳のように「『幸せ』とも書く」とある。どうも幸の字は代替らしい。仕合わせ＝まわり合わせ、または運。こう大々的に公言されれば致し方ない、そうなのだろうと受け入れるよりないが、幸福が運の一文字とは何ともやり切れない思いである。ある意味投げやりというか他力本願で、消極的な印象すら受ける。

ところで幸せとは？　の問いに多く、大金を手にする話が上る。お金は便利である、大切である。これが無くては生きてもいけない。仮にこのお金という経済の小歯車を有り余るほど多く所有できれば、一生の内に抱える欲の七割は満たされるだろう（この七〇％とは、私なりに確実に半数以上ではあるが思いの外足りないという地点を指したつもりである）。人生の七割も満足出来れば十分という考え方もできない訳ではない。だがしかし、残りの三割に案外と生きる上で魅力的なものが詰まっていると見るのもあながち的外れとは言えまい。お金では買えないもの。言ってしまえば、人の心だとか、生々しく血の通った情の類と思われる。

お金持ちには、その金持ちにしか得られない広い選択肢が用意されていることは確かである。私など決して経験することの許されない何かが、ゆるゆると目の前に待っているのだ。そしてさあ、心だ！　と、後はその心を小刻みに震わせるばかりを期待されて。ただ、お金持ちは往々にしてここが鈍い。穿ったような物言いだがじつに勿体ないと思う。

更には、大金を手にすることで様々な問題が発生しやすいことも、世の中を見渡せば疑いの無い事実である。この魅惑に満ちたツールを嬉々の目で持つことは危うい。むしろ出来れば冷めた双眼で押え付けるくらいが丁度いい。お金への執着はこんなほどほどのところで止めておこう。切りがない。

そしてもう一つ。次のような感情にも要注意だ。幸せの尺度を測るには手っ取り早いが、この手法を用いることはあまりお勧めしない。それは、「私は、あの人より上だとか下だとか」他人との比較を表す言葉である。これはややもすると世界を縮め、視界を狭めることにも繋がる。あいつだけには絶対に負けたくない。そんな一途な思いが、自身を鼓舞するだけの、あくまで己の精神のみに努力を生じさせるのだとしたら、それも否定はしないが、必ずしもそうとは言い切れない。いやどこかで相手の隙を突き、蹴倒し、のし上がろうという心がきっと芽生える。人との優劣を幸、不幸の判断基準に持つことは、出来れば避けたいものである。

さて改めて幸せとは？　この問いに今の私ならこう答える。それはただ単に快を示す感情の一つだと。美しいものを見れば快は視覚に訴える。オーケストラの音色は聴覚に快感を伝えるだろう。ご馳走は嗅覚に、味覚に快を運ぶ。柔らかな布地、温かい人肌に触覚は敏感だ。幸せとは、いわば五感に響く快である。ゆえに、万人に共通はあり得ないとした意味でこれ程曖昧で実体のないものはないとさえ言える。

前に触れた公認の「運」とは、これらの感情を生じさせる前段階を指すのだろうが、私はあくまで心の内に芽生えた快感、これのみを幸福と捉える派である。その方が主体的で積極性があっていい。幸《さち》を生け捕るような姿勢が、じつにまた心地好いではないか。

「幸を生け捕る」？　と滑るように出たが、経験上これは可能だと断言しよう。ただし一つ二つ工夫が必要だ。それにはまず一つ！　腰を低くして狙いを定めよ。そして二つ目！　それは捕獲用の網についてだが、これは出来るだけ目の粗いものを使用すること。さあ後は、これぞと思うものが目の前を通ったならブンブンやってごらん。大抵何かしら入ってくれるものだ、スポンと。そこだ！　問題は。入れたのではない。入ったのでもない、入ってくれたのだ。あくまで「くれた」という受け身の姿勢をとることがまた肝要である。そして、その上でありがたい、という感謝の念を抱くことが出来れば、そのものは一瞬間キラリと光を放つ。

冬の一日を極寒の戸外で過ごしたとしよう。体はコチコチに冷え固まり四肢などはかじかんだ状態である。そこに、妻などからお待たせしました、とポッポ湯気の上がるお風呂を用意される。あぢ！　あぢ！　と、ソロリ足指から湯に浸らせ、やがて肩まですっぽりと温もりに包まれれば、ふあ〜。思わず声が漏れる。これ、まさに幸せである。

また例えば暑い夏の日。私などたまに、ぼーぼーに伸びた庭の芝刈りなどをする人間だが、そのカンカンに照らされた体は、皮膚に熱を帯び、眩暈《めまい》すら起こしかねない状態に陥る。もし、目の前にコンビニがあったら……と、よく幻想を抱く。いらっしゃいませ〜、明るい声に誘われて、キンキンに冷えた室内へと突入する。あ、あ……、幸せ。

そんな風に考えれば幸せを感じることなど別段難しいことではない。だが、厄介なことにその幸せという実感には、これが感覚なだけに馴化という弱点が潜んでいる。

湯に浸かった瞬間の幸福感絶頂期は、時間と共に確実に薄らぎ、やがて喪失する。そして、うっかりすると、長湯に火照った体が折角のこの恵みの湯を鬱陶しくさえ思い始め兼ねない。常に人は向上を装い贅沢を貪る生き物である（ああ、というこのくらいのところで幸福としておくのが、最も賢い幸福の取り分かもしれない）。

人生で最大の買い物とも言われる夢のマイホーム。これこそ如何にも幸せが棲むかに映る。私にも巡り合わせか縁があり、三十歳でひっそりした山奥にちんまりと建てた。だがしかし、である。当初こそ光り輝く終の住処に思われたが、二十数年を経た今では、もうこれといった感慨もない。いや、元からあったのだといった感覚でそこに納まっているに過ぎない。建築中には、完成はまだかと度々足を運び、妻と満面の笑みを交わしたものである。いざ住まう段になると急速に何物かが忍び込んできた。ここにもやはりしぶとい馴化である。

止めたはずのお金をまたここで登場させてしまい恐縮だが、お金はあくまでツールに過ぎない。ミリオネア、資産一億円。これを自分の財産と仮定して、果たしてこの金額が多いか少ないか？　という質問だ。一般庶民には夢の数字。途方もない桁に思えるだろう。間違いなくこの時点では多いと答えるはずだ。とは言え実際にそれを手中に収めたとあっては、多くが「いや、足りない。二億欲しい」と言い出すに決まっている。それが人情だ。再三言うが、やはりほどほどに限る。お金は底なし、山なしである。

幸せを感じることは難しいことではない。「足るを知る」この言葉を噛み砕き、自身にとっての足る位置を掴むのは間違いのない幸せへの近付き方だ。今、私の頭に一枚の絵が浮かんでいる。それは「雨降りの柳」花札の十一月札である。

その札は中でも一番色彩豊富で個性ある図柄だったと記憶している。あれはまだ私が幼い頃、周囲の大人たちが面白半分で私を誘いルールを覚えさせ、束の間自分も大人の仲間入りをしたような、そんな魅惑の感を味わわせてくれた遊びだ。二十点。柳の枝に今、まさに飛び付こうとする、カエルと憂いある小野道風が私の一番のお気に入りであった。文脈も末に来て、それが何の前触れもなくこの絵だ！　と、脳みそから飛び出した。してみると意識下で私が言いたかったのはあの構図、あれこそが究極の「幸せになる」姿だ、ということのようである。

それっ！　それっ！　と、幾度もトライを繰り返す。届きそうで届かない柳葉。ならばよし、次こそは！　とまた果敢に挑む。「この木の上に辿り着けば、きっと遠く絶景が見渡せるに違いない。丸々と肥えた羽虫たちもわんさといるに相違ない」——そよそよと思わぬ風の吹き加減に、そして時折絶妙な具合に弛緩するふくらはぎと、もも肉の力加減で一思いに飛び付くと指先の吸盤が擦る。その瞬間あっ！　と心が思う。そしてまた何かの拍子に不意に擦る。その度にパッ、パッと幸せという心の火花が弾ける。そこには勿論、線など一本も見当たらぬ。あるのは点の集合体のみ。

〝PPAP〟と〝DE〟に学ぶ

現在二〇一七年。三年後の二〇二〇年には東京オリンピック・パラリンピック開催だが、その熱気も冷める頃には「何だっけ？　あれ」てなことにもなっていそうな気が大いにする〝PPAP〟である。

昨年暮れ頃から始まったこのPPAPブーム。ユーチューブの再生回数でギネス認定を受けるわ、紅白には出るわ、もうネット上では色んな人種がピーピーピーピー言い出すわ、いったいどうなってるんだ？　とまさに怪現象となった。年が明け五カ月経ったが、PPAP人気今なお健在である。いいやとんでもない、テレビCMや番組の出演依頼なども引っ切り無しのようで、今や見ない日はないといった状況である。しかし、この手の芸風には一発屋が多い。ブームが去る前に二発目を、という目論見だろう、彼も必死らしい。その努力は認めなくもないが、今ある殻から完全に脱皮するのは危ういとも感じるのか、単にバリエーションが少ないのか分からないが、やはり似たようなものがネットに流れるのを拝見した。果たしてその出来は？？？　一発目に与えたインパクトを超えるものを再び生み出すということはどんなジャンルにおいても至難のわざと見える。

さて、そのＰＰＡＰについてだが……、この文章を次に目にするのはいつのことやら分からない。ああ！　そうそう、くらいには概要を思い出せるよう忘れぬうちに記述しておこうと思う。ま、端的に言えば、これでもか！　という奇抜なファッションに奇妙なダンスをくっ付けた、ちょっとした歌ものギャグといったところ。至ってシンプルだ。

ではまずは、その風貌である。一昔前のパンチパーマ（もどき）に、茶透かしのグラサン。眉とひげは落ち狙いのつもりだろう、お茶目な八の字である。極端な下三白眼ゆえか、或いは芸としてそう装っているのか、目つきは決して好いとは言えない（ネットに、ある投稿者から殺人犯らしい目つきとあった。確かに！）。鼻梁にそう秀でたものはない。口は大きめのアヒル型で、頻繁に不敵な笑みを浮かべる。と、もうここまでで既に存分なる怪しさを醸し出しているが、更に奇抜な衣装が度肝を抜く。派手、派手、金ぴかの上下スーツである。その上、肩にプレスリー、または永ちゃん風に垂らしたマフラーは、関西のおばチャンまがいのこてこて豹柄ときている。勿論こちらも何やらゴールドの光沢に包まれている。兎に角、全身が成金の如くピカるのである。そしてこの男、その異様さをもってして身長が百八十六センチというのだから、その威圧感は計りかねる。当人も言っているが、こんな日本人はいない。いやいや、これが日本人だと思われても困る。

続いてはダンスだが、こちらも即席感満載である。ダンスなどと大層に出たが、基礎も何もあったものじゃないということは一目瞭然だ、「動作」の一語で十分だろう。上半身と下半身を無意味にクネクネと揺らす。それは如何にも風貌を誇張し怪し過ぎる。初見からここまでで視覚を洗脳するには十分と私は踏んでいる。

ピ・ポ・パ・ポ・パ。そんなイントロで始まるオケは思いっきりコンピューターミュージックを意識したもののようで、当人曰く、自称ソングライターでもあるという。スタジオで一人ピコピコやっているのだろう、おっ！　と、大事なことを書き忘れていた。彼の名前はピコ太郎という。ズンチャズンチャ……、リズムも至極単調だ。やがて、あの顔圧、あの怪装がクネクネのノリノリに変身する。そしていよいよボーカル入りだ。それは耳を疑う「ディス　イズ　ア　ペ〜ン」。冒頭から聞く人を唖然とさせること受けあいである。ここは中学英語の要領で、またそんな発音にしか合わないような音階が割り振られる。一貫した強面、ニッコニコの違和感、そして流れるトンチンカンな音楽は三馬鹿の見本のようで見る人の心鷲掴みである。先程の歌詞に合わせ右手に一本のペンを持つ振りを忘れてはならない。この歌詞と補足する動きがギャグの要となる部分である。次にＡメロの繰り返しで「ディス　イズ　アポ（わざとらしいアップルの変形）」と、こちらは左の手のひらにりんごを乗せたとばかりのジェスチャー。そして、ここがミソ。「う、うん！」と抵抗感露わにりんごにペンを突き刺すのである。以上をもってアポーペン（ＡＰ）の出来上がりである、と、ここは得意満面の笑顔が必要だ。そしてここで一番の歌詞が終了すると、この出来上がったものを一旦置いといて……、という具合に、もう一方の「ＰＰ」の作成へと展開する。こちらはパイナップルにペンである。発音はあくまで日本語英語の「パイナッポー」。作り方はＡＰと同様、ただ突き刺すのみ。ここで一つ注意点がある。それは、差し込む際の「うん！」に当たるが、この二回目はおねえ風の色気を醸し出すように試みることが、真似る際にはコツである。そして、いよいよ締めだ。この時点で二本のフルーツペンが完成しているわけである。アポーペンは右手に、パイナッポーペンは左手に携えた状態だ。それぞれを声に出し確認する際、それと同時に交互に目線を移すが、ここでの声音は「いったい、この二本を合わせたらどうなると思う？」そんな期待感を十分に持たせるように。いざ、と発する最後の「うん」は、これまた一度目や二度目とはどこか響きが違うように感じる。刹那とでも言うか言葉ではどうにも表現し難い。そうしてようやくここに、ペンパイナッポー・アッポーペン（PPAP）が誕生するわけである。

これは当の本人も想定外と漏らすが、この名曲？　はネットを通じあれよ、あれよと世界中に広まってしまった。そこには一助としてジャスティン・ビーバーの存在が大きい。彼がツイッターで面白い、と一言呟いたことで拡散を加速させたことは言うまでもない。ピコの友人、古坂大魔王も、それは大いに認めるところである。両者共々感謝の一語に尽きるだろう。

ところで、この一発芸。私の本心からすれば全くといっていいほど面白くない。いや、それは私だけじゃない。ツイッターの呟きからも分かる通り相当数の日本人がくだらない、馬鹿馬鹿しい、恥さらしだ、やめた方がいいと出だしは見ていたのだ。今の時代、我が国でも幼稚園から英語の教育はあるそうで、あの程度の単語、あの程度のつまらない捻りなら誰でも思い付く、あまりにも笑えないギャグだ、流行るわけはないと踏んでいた感が強い。ところがどうだ？　ひとたび海を越えると、その稚拙で他愛無いはずのギャグが爆発的に受けた。現在のこの日本での受け入れられようは、いうなれば逆輸入の形である。海外で認められた（?:）、そこから日本人の見る目が変化したもののようで、「ああ、そう言われれば面白い、かも……」と、初期段階はあくまで懐疑的に。だが、やがてみるみるネットの勢いに押されて、おまけに変な自信も備われつつ、確信へと変化していった、というのが妥当な見方だろう。

同じ人間といえども西洋と東洋の笑いのツボには微妙なズレがあるものと思われる。そんな可笑しみの感性も、また文化だ。ネット社会がこうも世界を狭くすると、そんな東西の笑いの文化の違いを体感する機会も滅法増えた。そうそう、これぞまさに象徴すべきという出来事があったのを思い出したので、二つ程上げてみようと思う。

（一）「アイス・バケツ・チャレンジ」

発祥はアメリカ。基本は募金の輪と思われる。流れとして、①氷水で満たしたバケツを用意する。②それを頭から被る。③びしょ濡れの当人、満面の笑みで自己申請額の寄付を公約。④次の犠牲者（？）を指名する。①〜④を順繰りに行うことで、あれよあれよという間に募金が集まっていくという仕組みである。その間のネット配信に周りの見物人は勿論のこと、当の本人もワーワーギャーギャーの大騒ぎとなる。慈善のお金が短時間のうちに溜まっていくというこのシステムの利点には好感を抱くが、間に挟むワーワーギャーギャーの馬鹿騒ぎは何とも理解しかねる。あまりに単純過ぎるのだ。巡り巡っていつしか日本の著名人にもこのバケツの波が押し寄せたが、そこは武士道精神、誰やらがピタリ流れを止めてしまった。欧米人にとってみれば、「オウ！　ニホンジン、ツマラナイデ〜ス」ということにでもなるのか。

これもネットでほんの短期間ではあるが流行ったらしい。

（二）マネキンチャレンジ

こちらも発祥は、やはりアメリカだ。（一）と同じくネット動画というツールが威力を発揮する。して、その内容はじつに単純明快。動画のはずが、出演者はマネキンの如く固まった状態で登場するのだ。そのまるで時間が止まった（ストップモーションの）ような錯覚に、見る者に「ええっ？」や「あれっ？」と、この「？」を抱かせるのが、まず第一の狙いである。そして、やがてじわじわと〝申し合わせて皆意識的に動きを止めているのだ〟ということに閲覧者が気付くと、必然的にああ……、という感嘆に感情は移入し、してやられた、という一種敗北感がハハハといった軽い笑いを誘う仕組みである。参加人数は多ければ多いほど効果的だ。笑いに比例する。また、芸能人や政治家、プロスポーツ選手といった、一般人にとって隔たりのある、まさかこんな人が！　という人間を起用することが出来れば、時が止まったことへの真実味は格段と増し、その後に続く爆笑も約束される（ミュージシャンのボンジョビ氏やクリントン夫妻が参加した動画は、さすがにおっ！　という気にさせられた）。

こんな風に笑いの構造分析をしてしまっては余計につまらなくなるものだが、私は端から白けていた。これもアメリカンジョークなのだろうが、やっぱり馴染めない。だから何？　で？　と、次の瞬間には日本のお笑いでいう「落ち」のようなものがどうしても欲しくなる。

こう見てくると日本の笑い、殊に長い歴史を持った落語などというものには、今なお変わらず認められる人の心を深く突いた面白みとでもいうか芸術的な笑いのエッセンスがギュっと詰まっているのだなあ、などと感心してしまう。だが、またそこがきっと欧米人には取っ付きにくいところで、「フウ、ニホンジン、メンドウネェ〜」などという困り顔を想像する。

今回、この手記をしたためようと思い立ったのは言うまでもない。それは価値観の多様性を認めたからに他ならない、と言えば大袈裟に聞こえるだろうか。あのまさか、あんなものがと馬鹿にしていたPPAPの躍進である。世界は広い、そして人の感じ方は万の方位に広がっていると見えたのである。そして、この感覚は「出力」という行為に大いに私の目を向けさせた。出力、即ち「表現」である。それは考えであり、思いであり、誰か人に伝えようとする限りは、それしか方法はないのだと改めて考えさせられた。

「考えている」「思っている」と身の内にある時点では、「考えず」、「思っていない」ことと同じだ、とは、どこかで聞いた言葉だが、しっくりと五臓に収まった感がする。出力して目で見、耳で聞いて初めて、それはその人の思考と認知される。同時に、「練れば練るほど磨かれた良いものが生まれるというのは妄想である」――この捉え方も、皆一様にないとは思えないが、この機に私は新たに厚い皮を剥き、六腑に内包した思いでいる。死の瞬間が、あらゆる面で最高の到達域か、と考えれば、そんなはずはない、と即答されよう。熟考を由《よし》とする傾向は強いが、思考もほどほどに熟する前に摘み取るものかもしれない。まだまだ、と熟《う》れるのを待っていては機を逃しかねない。どうやら人生とは、そう長くはないものらしいし……。これだ！　と決したら、スーっと出すくらいが丁度いいようだ。

「実践躬行《じっせんきゅうこう》」、「案ずるより産むが易し」、「生きるとは呼吸することではない。行動することだ」（ジャン・ジャック・ルソー）、「大切なことを始めようと思うなら、今しかない」（リチャード・カールソン）」――あまり小難しく考えず……と、行動を促すことわざや名言は日本だけに限らず世界的に見てもじつに多い。ＰＰＡＰもまさにこれに合致し、世間をあっと言わせた好例と言えよう。そう言えばうちの会社にもいるのだ、兎に角行動！　を地で行き、絵に描いたような人物が。

大柄なアラフォー女性である（縦は勿論、横にもなかなか立派である）。そんなＫちゃんは前に述べた通り猪突猛進の典型である。昨今の社会風潮に乗り、一階級昇進したことがもう嬉しくって嬉しくってと、口にこそ出さないが見ていてよく分かる。そんな根は極々正直ものである。もうとうに女は捨てたとばかりの一種潔さが窺えるのは難点、と捉えるべきだろう。兎に角声がでかい、威勢が良い。女だろうと男だろうと語調変えず呼び捨てにするのがＫちゃんスタイル。話は強く言い切る。自己の非には並外れた鈍感力で易々と乗り切る。この辺り慣れぬものにはさぞ恐怖だろうと思う。

漢字が苦手、計算も怪しい。そんなＫちゃんにいったい会社側は何を期待しているのか？　それは愚問である。答は明快。その爆発的破壊力を持つ行動に相違ない。貢献度という尺度に、最近は成る程こういう形も必要かもしれないと、私は考えを新たに持った。頭から行く走りと、気持ちを抑えきれず胸から行く走りの違いだろう。

タイトル中にあるもう一つのキーワード「DE」。デーイーってなんだっけ？　そんなうやむやと晴れぬ気持ちを持ったまま、ここまで来た読者もいるかもしれない。そんなことを想像しつつも最後の最後まで引っ張ってきて、「そんなものはないよ」とは言いづらい。このDE、前出のPPAPに倣って付けた「ドラえもん」の頭文字である。けれど、なあんだ、と言うべからず。なぜならここにもPPAP同様、胸から行く走りのようなものを感じたのである。

時折、懐かしの……的なテレビ番組の特集がある。懐かしの歌、懐かしのドラマ。この間はアニメ編が放映されていた。名作であり長く愛されてきたドラえもんだからこその個人的な感想かもしれないが、見てまず第一に思ったことは、失礼ながら「うっわ！　へったくそな絵」――これ正直な話。恐らく当時は、描かれた画に誰一人そんないちゃもんを付ける人などいなかったはずだ。荒削りの面白み、と今でこそ受け入れられるが、時代の人間にはそれはそれで通っていたに違いない。ドラえもんといい、のび太といい現在では適度に丸みも帯びて、表情も自然で断然私には馴染める。あの画がこうも可愛くなってしまうのか、と驚くばかりだ。あるものが洗練され完成形と呼べるようになるのは、先の先のことなのだろう。それは次の世代にでも任せればいいことのように感じてならない。そう考えると表現とは、時代という大海に一滴の水を落とし、静かに広がる波紋を眺める作業のようにも思えてくる。

　最後に、ピコ太郎がニューヨーク国連本部で国連幹部や各国首脳を前に、とうとうやっちゃったらしい。あのクネクネダンス……。それは、ＰＰＡＰのニューバージョン？「ＳＤＧｓ」というもので、貧困や格差解消といった大真面目な世界規模の問題に対する行動目標らしいが、これに対し日本の外務省が立てたスローガンが「ｐｕｂｌｉｃ・ｐｒｉｖａｔｅ・Ａｃｔｉｏｎ　ｆｏｒ　ｐａｒｔｎｅｒｓｈｉｐ　（ＰＰＡＰ）」（かなり強引、まさに〝ＰＰＡＰありき〟を思わせなくもない）。その偶然にもＰＰＡＰ繋がりで、という名目でか、ピコに白羽の矢が立った。彼はああ見えて謙虚である。ホントに私で？　と公然と記者会見で言ったらしいが、それは本音だろう。そんな思いは私たち一般市民と、そうズレはない。まずいのは外務省、日本政府だ。このＰＰＡＰ人気にあやかって世界の舞台へ……という魂胆が見え見えである。だめだよ～、おいおい、と思わず私は呟いた。

　この、いつまで続くやも知れぬＰＰＡＰをつまみ上げて世界の真ん中に放り投げたのはジャスティンを初めとする多くの外国人たちに違いないが、彼らにはバケチャレやマネチャレで見せた外国人特有の冷めやすいというか、ノリの軽やかさというか、案外な移り気のあることを忘れてはならない。ピーピーエーピ……、ナンデスカ、ソレ？　こんな輩もそろそろ出てくるだろう。国連の真ん中でズンチャカズンチャカを晒して陽気に笑っていたのは日本の要人だけなのではないか。可哀そうに、彼ならきっと覚悟を決め最高のパフォーマンスを、という意気込みで、これでもかと腰を振ったに違いないが、『こいつら、舐めてんのか？』という目で注目を浴びたであろう、そんなピコ太郎が哀れでならない。

知命の歩　その〈一〉富士登山

ひと月程前から、私のこの机上には一枚の絵葉書が飾られている。それは一面夕焼けに染め抜かれた富士山の写真だ。一口で印象を言えば赤というのが適当か、または赤紫がそのずばりのイメージだろうか。ただ中央に配した富士だけは、その赤とも赤紫ともいう小さな枠を嫌うのだろう、もはや色という色を通り越した何やら威厳を備えた像のようである。上空に広がるビロード状の雲は先程の色彩を濃く淡く怪しげに広げ、富士の荘厳さを一層引き立たせている。左下隅を見ると「写真提供　静岡県観光協会」とある。山中湖と思われるそのぴんと張った湖面には同じく像と化した逆さ富士。

そうだ！　私はこの山の頂に、あの日立ったのだ。そう思うと、綿のように柔らかで弾力ある空気に肌四、五センチのところを頭のてっ辺から爪先まで、そわっとなぞられる。そしていつの間にか私は薄い膜に包まれ、何者かに守られているかのような、そんなタプっとした安心感に満たされるのである。

元々、そんなつもりはなかった。この私が富士山に登るなどと、そんなことは想像もしていなかったことである。

あれは昨年、（二〇一六年）十月のことだ。夕刻、哀愁漂う秋風の中である。耳元で、「ノボッテ、ミナイカ、フジ……サン」と片言だが何者かがそう言ったのだ。私は裏庭で日課である縄跳びを一人続けていた。聞こえてくるものといえばヒュン、ヒュンという縄の回転音と、パチン、パチンという縄がコンクリート面を叩く音。そして、ハアハアと時折乱れる自身の呼吸音の三音のみである。そのどこに付け入る隙があったものか、「フジ……サン」というその声は、私の左耳に呟いた。えっ！と慌てて腕の回転を止め振り返る。何分《なにぶん》声音は明瞭で生暖かいのだ。だが、いるはずもない。耳元で囁こうものなら、この私にピタリと寄り添って共に縄を跳ばねばならぬ。普段の私なら矢も盾もたまらず震えおののく場面だが、この時は『富士山、かあ？』などと、暢気にあの扇形を頭に思い浮かべながら、再び縄を回し始めたのである。これまでの人生では、およそ底辺をうろうろしていたような私だ。それが頂《いただき》に、それも日本の頂に立つ、という夢想にこれまでにない興奮を覚えた事実は、やはりどこかにある。

私は奇をてらうが如く、この事をぎりぎりまで、いや出来れば「明日、登ってくるから……富士山」くらいの最後の最後まで断じて口にすまいといつしか自身に誓っていたのだが、この私という入れ物は、秘密というちょっと不敵に光るものを長くは仕舞っておけない性質らしい。「登ってくるよ……富士山」と娘と妻に告げたのは十一月の後半である。二人の反応は私を大きく失望させた。「は⁈」揃って出たのはこの疑問符まみれの一文字だ。しかし、考えればそれは無理もないこと。これまで私は富士山の〝ふ〟どころか、登山の〝と〟すら口にしたことはない。私に山登りの趣味がないことは周知の事実だ。言い間違えたのか？　或いは聞き違えたか？　そんな疑問は当然起こる。私の口を、または自分たちの耳を疑うという意味からもこの場合「は⁈」の使い方は正しい。そこで君たちの耳も、そして私の口も正常に作動しているよという思いを込めて、ゆっくりと再度、この私が日本の最高峰富士山に登る気構えであることを話したが、そこでまたしても見事期待を裏切られた。「ガンバッテネ……」それは全く興味ありませんという響きであり、それはまるで、ノートの端に乗った消しゴムのカスを小指で払うかのようなあしらわれ方である。だが、間違いない。何の相談も無しに決行しようとする私の我儘が第一の問題なのだが。

小学生の頃に一度、近くの小山を登ったことが唯一の私の登山経験である。そんなずぶの素人が果たして富士などに登れるのだろうか、という不安があったことは否めない。「登ってくるよ」との二人に対する告白は、そんな思いに対する自身への叱咤、そしてまた、そう言ったからには行くしかない、登らねばならないと、我が身を窮地へ追い込むための無意識に働いた一つの手立てであったのかもしれない。

その後、富士山マニュアルという登山初心者向けの雑誌を一冊購入。普段、滅多なことでは雑誌など買わない私である。勿論これも、自身をもう後には引けない状態へ置くための手段だ。七月から九月までが富士の登山期間らしい。わずか三カ月である。残りの九カ月間は雪があり危険なのだ、と書いてある。年間登山者数は二十三万人！　これは相当な数である。当然、毎年登るという兵《つわもの》や外国からの参加者もいるはずだが、この二十三万という数字が毎年続くのかと考えると、やはり驚異である。それ程の人が関わるものならば私の周りにも一人くらい登ったよ、という人間がいてもよさそうなものだが、そのような噂はとんと聞いた覚えが無い。日本に住んでいるのだから、行く気になればいつだっていけるだろう。そんな鷹揚に構えている人もいるだろうが、間違いなくそう考えているうちは行動には移せない。何も富士登山に限ったことではないが、刻々と移り変わる時の流れに折角芽生えた好奇の目やピカと一瞬見せる心の輝きを曇らせるのは勿体ないように思う。この富士登山にはツアーにおいては年齢制限がある。まだ大丈夫、と思い続けながら、あれ、あれ？　という間にその上限を越え、結局は登れず仕舞いという方もきっと多くいるのではないだろうか。

正月、新年のあいさつに実家へ行った際にもちょっと私の富士行きの反応を確かめてみたい欲求から、父と姉に語ってみた。すると「随分思い切ったね～」と姉がフワリ私の心を浮かせてくれた。吉田ルートとか、五合目だとか、姉にも登山の趣味はないはずだが、彼女独特の巧みな話の組み立てで会話を盛り上げる。それはつまり私に対する気遣いもあるのだろう。投げかける問いを捕球し、往年のサード長嶋が繰り出す一塁送球へのサイドスローよろしく返答は至って滑らか。そんな姉と私の心地よいキャッチボールに大暴投を抛《ほう》っておいて気付かずにいるのは父である。

「一度行ったら、もう二度と行かなくてもいいという人が多い」

その挙句、締めにアハハハと笑うので、私もハハ、ハと軽く伴走のつもりで笑った。全くデリカシーがない。しかし、父には全く悪気はないのだ。

この父には以前山登りに凝った時期があったはずだが、もうこの時点で七十七歳の身。後に知ることになるが、私の参加したツアーの参加条件には年齢の上限項目が六十五歳と設定されており、今の父は完全にアウトである。前述の勿体ないをここで持ち出そうと思うが、彼なら「別に登りたくもないさ」などと今度はワンバウンドで返すかもしれない。

ところで、行こう、と一人決心はしたものの、はて？　どう動けばいいものか。そこでネットを開く。〝富士登山ツアー〟が目に飛び込んだ。「ツアー」。これだ！　と閃く。初心者、まさにど素人の私に打って付けである。皆に混じって行くがいい、間違いない。だが、ツアー会社も様々あるようで、あの手この手で閲覧者の気を引く。「さあ、日本の頂へ！」「絶対に登れる」「ご来光ツアー」ｅｔｃ。安さを、プロ登山家同伴の強みを、そして、オプションの多彩さを武器にじりじりとにじり寄る。私はこんな場合にはある一つの選択方法をとる。それは心（思考）を離れるというやり方だ。いうなれば動物的勘の発動である。悩まずパッと決める。早速「サンシャインツアー」これに決めた。私は時折、自分は何て運の良い人間なんだろう、としみじみ考えることがある。そう、それはこの動物の勘的選択法の結果によってである。幾度証明されたかしれない。

ツアー申し込みは三月開始らしい。この身の内から込み上げてくる興奮は、今すぐにでも申し込みたいところだが何とかあと三カ月待て、と自身に言い聞かす。その間に何も知らない富士山についての知識を少々仕入れた。そしていよいよ三月。通勤途中にあるコンビニで手続きを済ませる。すると、さあ、行くのだ！ という気持ちに実感が伴う。手にしたのはぺらぺらの領収書一枚だが、その紙片には薄さに似合わないずっしりとした重みがあった。決戦は七月十八日である。

正直今にして思えば、この頃までで私の体力は半ば消耗していたのではないだろうか。行くのだ！ 登るのだ！ と、そう心が叫び、ネットを掻き分けこれぞという一つを探り当てた。そして、代金を支払うと私はそこでもうゼエゼエと喘いでいたのだ。大丈夫かよ、おい？ という心の声は常に聞こえていた。それは全くの初心者に対する同情と、若者とも見まがう無鉄砲な行動に対して。更に何より、お前一人なんだぞ、というプレッシャーを指している。思慮がない、全く配慮が足りない、そう感じる度、大丈夫かよ、おい？ とまた、胸の一点が呟いた。そんな具合で以前まで確かにあったはずのツンとした緊張感は次第に薄らぎ、当日を何とも間延びした状態で迎えた。目覚めはもっとこう、ハツラツや、やったるぞ的な内側から湧き上がるものに支配されるのだろうと勝手に考えて、そんな心の準備までしていた私だが、どうにも期待はずれである。それには天気も一役買った。

七月十七日は雨の朝。しとしとと降り、どんよりと暗い朝である。テンションガタ落ちなスタートである。やめようかな……と、一瞬怯む。「雨、降っちゃったね」という妻の労わりの言葉さえ、なぜか癪にさわった。早急な気持ちの建て直しが必要だぞ、と自分に言い聞かせる。

ＡＭ５：30　起床　携帯のアラームをセットしておいたが、実際に私を目覚めさせたのは自然現象。ピカッ！　ゴロゴロ……。何とも迷惑な起こされ方である。

ＡＭ７：20　珈琲とタマゴサンド　朝食は軽めにと、昨日買っておいたタマゴサンドを広げる。インスタントの珈琲を紙カップに注ぐ際、あちっ！　左親指をやけどする。いらいらしてカーテンを開けると、シトシトがパラパラになり、すぐさまザーザーの雨に変わる。まったくもう！

ＡＭ７：40　出発　チケット……ＯＫ。カメラ……ＯＫ。水……ＯＫ。

この旅の全容を私は後々、決して忘れぬようにと右記の如く細かくメモを取りながら一歩一歩時を進めようと心に決め、分厚いノートをバッグの底に忍ばせていた。食事の手を止めて、または自宅から駅までの車の中で、またある時は東京へ向けひた走る新幹線の中で、私はペンを走らせた。この記録が後に生きるのだ、根拠もなくただそう信じていた。しかし、それも東京駅に着くまでである。大都会に放り出されると私は緊張のあまり舞い上がり、まるで方向感覚を失ってしまった。そこで何はさておき、まずは集合場所である。置いていかれては元も子もない。集合時間までには一時間以上あったが、駅から二百メートル程離れたその集合場所を確認すると安堵して再度駅に戻り、手近な店でかけそばを一杯注文した。『あまり早く行き過ぎては、急く心を見透かされるかな？』そんな思いもあり、規定時間の五分前を見計らい集合場所に辿り着くと、直ぐに「江藤さんですね？」と、係りの女性が話しかけてくる。下手な策略など不要である。どうやら最終到着者の私を皆で待っていたらしい。

四十人は優に乗れそうな大型バスである。外装の派手な黄色が如何にも観光を象徴していた。ステップを上り目を上げると、車内はほぼ満席。私と一緒に乗り込んだ五名分の席が空いているだけである。するともう、手記どころではない。その後はノートの存在すら忘れていた。

ここで一つ述べておかなければならない。このバスに同乗した、つまりこれからの二日間を共にするツアー参加者についてだが、その約四十人の男女の名を私は今誰一人として口にすることが出来ない。それというのも年々厳しくなるプライバシー保護の観点から、最近の旅行会社は個人名の公表を控えるといった配慮があるそうで、それを第一に挙げたいところだが、結局は数日ぽっちの短期間では、とても打ち解けられない私自身の性格に起因している。旅の恥は掻き捨て、と言うではないか。もっと心を開いてみるべきだったと、今となっては残念な気も大いにする。とは言え、考えてみればその二日間も大半は山の斜面で両足を踏ん張っている時間であり、合間、合間の休息には私など息を整えることで精一杯。行きのバスには見知らぬ者同士いささか緊張もあるだろうし、帰りは帰りで疲労困憊である。それでも数人とは自分としても割と打ち解けて話せたのではないかと思う。それは個性派揃いの男性三人だ。ここから私は、その三人をAさん、Bさん、Cさんとして話したい。ただ、ABCのその割り振りは登場順ではない。こんな私にも心開いてくれたと感じる会話の多さで付けさせてもらった。親しみを込めて私はAさん、Bさん、Cさんと呼ぼう。

バスに乗り込む前に案内の係員から指定の座席番号を知らされていたが、その番号を確かめながら通路を進むと、見付けたその番号は二人掛けの席で、窓側には既にBさんが座っていた。彼は見たところ、まだ二十代前半といった感じ。意外に軽装で二の腕の筋に見る線や平目筋の張りから体育会系の大学生と勝手に私は推測した。この行きのバス中でBさんと会話らしいものは殆どなかったが、食品関係の会社員であると、帰りのバスで知ることとなる。

途中で一箇所トイレ休憩を挟み、富士急ハイランドを過ぎると、「やまどうぐ」という、その名の通り山登り道具のレンタル店に立ち寄った。水やちょっとした着替えの他、殆ど手ぶら状態でツアーに臨んだ私もここ、やまどうぐ屋のお世話になる身である。一式にまとめられたナップザックに小さな「江藤様」のタグを見付けた。おう、あった！　と、人事のように思う。山の天気は変わりやすい。ここまでの道程ではや雷や豪雨を味わったが一転、富士五合目へ向けたバスは晴れた空を駆け上った。その勾配を背で感じ取ると、車窓の右手には赤い山肌が見え出す。そしてやがて左の窓には山裾の展望が広がった。

到着で～す、と程なくして声がする。やはりここは一大行楽地だ。一帯は人、人、人。三、四棟ペンションのような外観の土産物屋が見えるが、そこにもやっぱり人がぎゅっと詰まっていそうに思う。その一つ富士急雲上閣が我々一行の荷物置き場として借りている店らしい。バスを降りると空気はひんやりと冷たかった。三階へ上がると早速私は山道具を大きく広げ、山男へと変身に掛かった。万人向けということもあるのだろう。レンタルの上下は比較的地味なものが詰まっている。ところが、その上下を取り出すと一変、真っ赤なソックスが目に飛び込んだ。まさに血のような赤である。こんな時決まって良からぬ連想でも起こしそうなものだが、この時ばかりは緊張と興奮からか、闘志の赤としか映らなかった。集合場所に向かうと既に半数近くが集まっていた。ここでまた私の運の良さが実証される。「天気は上々です」とここ五合目で合流した若い添乗員さんが語調強く語った（失礼ながら、私はこの人の名をうっかり忘れてしまった。以後は略称になるが、そのものずばり若添《わかてん》さんと呼ばせていただく）。

「前日は全く晴れずご来光は拝めなかったけど、今日は期待できますよ」

そう聞くと素直に嬉しい。私たち一行は、この二十代と思しき青年を先頭に、そして東京駅近辺で拾った五十代後半だろう、どことなく野暮ったい、それでいて人生を難しく語るであろう的な人間（マサさん）を後尾の形で進む。

まず目指すは七合目。途中、富士山保全協力金を呼び掛けられ千円を払い、木札を頂く。今や世界遺産となった日本の象徴富士山。この景観を守ることに使われるのだというう。大いに賛成だ。決して高くはない。早速、リュックの端に括りつけ、その揺れる木札に、よし、行こう！　と気持ちが前に傾く。スケジュールからすると三時間程の道のりである。歩き出して三十分くらいは平地なのか、こんなに楽でいいのだろうか、と舐めてかかった私だが、時間が経つほどに地面の角度は斜となり、ごつごつと道は険しくなる。辺りはすっかり暗くなる。ポツっと雨粒が帽子の庇《ひさし》に落ちた、と、一気にザザッと降り出す。これは雨じゃない、雹だ。一、二センチ大の氷である。ヤッケに当たる音が凄まじい。なぜか思わず笑い出したくなるような痛さに背を丸める。爆発にも似た轟き。目の高さから落ちる雷を見たのはこの時が初めてである。山の天気は変わりやすいと言う。しばらく氷に打たれながら歩くと、嘘のように星は瞬き出した。

今でもこれは不思議に思うのだが……。私はこの富士登山で星を眺めることも、今回の挑戦における楽しみの一つであった。標高三千メートル。そこは日本で一番の高所である。当然それだけ星に近付くことになる。さぞや綺麗だろう。星の一粒が数センチにも見えるのではあるまいか、天の川など流れる如く、星々は散り乱れているはず、とあれこれ想像を膨らませて臨んだのである。「きれ～い」そんな女性の声も闇の中で二、三聞こえたように思うが、三百六十度見渡せる大天空は私に、期待ほどの感動を与えなかった。むしろ自宅の庭から見る星たちの方が遥かに美しく輝いているように思えたのである。いや、錯覚だろう。そんな思いで何度も足を止め上空を見返す。いくら我が家が田舎であろうと高さからすればまるでレベルが違うのだ。しかし、いざ自宅の庭から見上げると、あの三千メートルの山腹で見た星に決して劣らない。これは謎である。見晴るかす一面が空というのも案外困りものかもしれない。

それからもう一つ、忘れないうちに記しておくが、私は今回ほど水の貴重さを思い知らされたことはない。道々幾つかの山小屋が設けられており、これは経験則からだろう、休憩の場所は決まっていて、私もそれに合わせるかのように、もうだめだという体で辿り着く。空気が薄いせいか息が切れるという体験も初めてである。だが、そんな時小脇にしたペットボトルの水をごくごく体内に流し込むと、そのハアハアいう荒い息がピタリ治まるのだ、これは不思議だ。無味無臭、無色透明なこの水という物質のいったいどこにそんなパワーが秘められているのだろう。人体（成人）の約六割は水分というが、成る程生命の源だ、今ならそれも頷ける気がする。

予定時刻の十九時よりわずかに遅れて、我々サンシャイン一行は七合目の鳥居荘に到着した。外壁に吊るされた寒暖計は五℃を示している。強風ゆえ体感はそれ以下、兎に角寒い。「山小屋に入る前に衣服に付いた水滴を落とします」と声がする。宿の主らしき人が備え付けのエアーガンで一人ひとりカッパの前後からエアーシャワーを浴びせると、中へ通した。ここでの目的は二つ。夕食と仮眠である。中は一見シンプルで、どこやらの集会所を思わせる造りだった。背の低い長テーブルが何列にも並べられ、スペースはやや窮屈そう。入室順にめいめい腰を下ろす。男たちの足は即座に胡坐を組んだ。カレーライスが名物という。スプーンと水が配られると、やがてスパイスの香りと共にそれは運ばれてきた。するとそこへ、ガラリと表戸が開き、「いや～、遅れてすんませ～ん」とCさん。どうやら、たった今ここへ到着した模様である。背後にはマサさんも一緒だ。

私たちはここまでの道を二列に隊列を組み登ってきたのだが、進むにつれ列は長くなる。それは個人個人の体力の差からくるもので、隊列とは言っても順番まで決まっているわけではなく早い人は自ずと前へ、一方ついて行けなければどんどん後方へと引き離されてしまう。途中で何度も先頭の若添さんが、最後尾のマサさんへ向けて呼びかける。

「マ～サさ～ん、どこにいますか～？」

それは暗闇の下方に点々と長く連なるヘッドランプを臨み、木霊《こだま》しそうなほどの大声である。

「こ～こだ～」

思った以上に列は延びていた。野太い声が微かに聞こえる。こうした緊密な連絡の取り合いは山道を歩く上で重要なことだ、と二人のやり取りの中に教えられる。

ところで、このCさん。見たところ六十は優に過ぎている。「遅れてすんませ〜ん」と薄い頭をぴょこんと下げはしたものの、ちゃっかり若い女性陣の占めるテーブルに座を取り「えへへ」と笑うあたり、憎めない。

「カレーはもう一杯ずつお代わりできますが、水はそれ一杯だけです」

エプロン掛けをした宿の男性が話す。と、「え、えっ!」、ビブラートの利いた驚嘆の声、Cさんだ。さてはさぞかし喉が渇いていたのだろう。手にした半透明のコップは中身の半分がなくなっている。ここではカレーより水が貴重なのだ。「えへへ」とまた彼は照れ臭そうに笑い、ザックから取り出したペットボトルの水を自らのコップに注ぎ足した。ちなみに私はこの夕食で、珍しくカレーをお代わりしている。そこには、少しでも体力を付けておかねばという現実思考へ向かわせた、周囲の男たちの豪快な食欲がある。

仮眠の予定は二十時から二十三時までのわずか三時間、真の仮眠だ。食事が終わると、若添さんから就寝時には必ずヘッドランプを枕元に用意するよう注意があった。あっ、と私はザックを弄《いじ》り忘れてきたことに気付く。これこそが私の弱点である。舞い上がると、つい手元が狂う。置いてきたのだ、さあ行くぞ、と浮き足立った五合目に。泣く泣く自費で購入した。

トイレへ寄り戻ってくると、宿のアルバイトらしい若い女性が「こちらです」と今夜のねぐらを教えてくれる。皆、貴重な仮眠を十二分に意識してか、早々横になったようである。薄暗がりに幾つものこんもりとした山が窺えた。入り口付近に空いたスペースを見付け、私はそこへ潜り込んだ。と、やけに天井が低いことに圧迫感を覚える。どうやら二段ベッド形式のようで、このまま何かの拍子で飛び起きでもしたら即刻、頭をぶつけてしまう危険性があった。縦も狭いが横は更に狭い。雑魚寝とは聞いていたが、まさかこんなとは……、後悔の念に苛まれる。意識して肩を窄めれば幾らか隙間も生じるが、ただ普通に脱力すれば両肩は左右の人の肩にピタっと触れ合う。

こんな状況で眠りにつくのは初めてである。とても眠れそうにない。

『参ったな～。これじゃ下手に身動きも取れないぞ』

『三時間しか無いというのに疲労回復なんてとても無理じゃ～ん』

そう心が泣く。しかし、そのままんじりともせず棒になっていると、今度はなぜか不思議に笑いが込み上げてきた。自分が今、富士山の中腹でこんな風に大勢の人と共に横になっている姿など、一年前には想像もしなかったことである。見ず知らずの両人に自分の肩を暖めてもらう経験など、この先あるだろうか、そう考えるとたまらない可笑《おか》しさに心が笑った。その拍子に私は肩を動かしたと見える。

「すんませんねえ」

左の壁側で眠る人間が小さく声を上げた。あっ！　その声、この「すんません」は……Cさんだ。あの憎めないCさんである。続けて、

「私はいつも家ではテレビを見ながら横向きになって眠るもんで、どうも横を向かないと眠れないんですよ」

あのえへへ口調で訴えてきた。「構いませんよ」そう言うと、透かさずこちら側を向いた気配。私は家でのCさんの寝姿を想像する。山歩きの疲れがどっと出たのか、はたまた単に寝付きが良い方なのか、忽ちスースーCさんが言い出す。それは私の左耳に熱い息を吐き続けることと同意だ。ならば私も男である。この時点ですっかり仮眠を諦める決意を固めていた。しかし、とは言え、そんな私もやはり初めての富士登山に疲れは溜まっていたのだろう。バタバタと足元を行き交う音に、はっと目が覚めた。顔の上にもドタドタと音がする。どれくらい眠ったのか分からないが、周囲の絶えぬざわつきに今度こそ眠るのは無理だろうと覚悟して、ただ暗いだけの天井を眺めていた。しばらくすると、はたと、あることに思い当たった。Cさん……。彼は元々、自己主張するような気配を発散する人間ではないが間違いなくそこにいる、私の左手に。だがなぜか先程まであったスースーが聞こえてこない。この疑問に私は、

今は熟睡中なのだ、と自答する。そしてそのまま約一分が経過。余程疲れたのだろう。やがて五分、十分と時が過ぎると、きっとこんな時は実際より時間はゆっくりと過ぎるものだ、と無理やり心ごと回してみる。どうやら自分はCさんの現況が妙に気になりだしている、そう悟った。その後も自問自答は繰り返された。

『スースーどころか身じろぎ一つしない。こんなにも人は長い間じっとしていられるものだろうか？』

まさか！　と良からぬ方向に想像が向かう。いやいや、直ぐにも動き出すだろう、と思い返す。Cさんは置物じゃない。Cさんは石じゃない。ナメクジのようにヌラっとするくせに、鋼鉄っぽい頑固さがじれったく、さあ、さあ、と気負いだすとまた逆に弱さが燻り出た。

「富士登山中に山小屋で……過度な疲労が原因か？」

それは脳裏に飛び出た全国紙の一面である。いやいや、ないない。汗ばんだ目を閉じて強く否定する。

『よりによって、俺の隣でかよ』

そんないやらしい思いも薄っすらと閃く。閉じた私の目元から汗に乗じた何か冷たいものが滲み出ると、

『Cさ〜ん！　逝っちゃだめだ！　起きてえええええ』

そう心が叫んだ。すると、その思いが通じたのか「プハッ」と、フナが水面から口を突き出し酸素を得るかのような音を立てた。その後、何事もなかったかのようにむっくり起き上がり、トイレだろう、黙って立ち去る。こやつ、やはり憎めない男である。

「サンシャインツアーの方、お時間で〜す」

足下から男性の声。二十三時、起床である。残すは三割の斜地だ。仮眠による体力回復などいくばくも無いが、自ずと士気は高まった。暗闇で蠢く男たちの影の外からCさんが私にこう漏らす、ちょっぴり寂しげに。

「ここで諦めますよ」

うん、その方がいい。中腹の山小屋から見るご来光も、また素晴らしいと聞く。私も安心である。

再び二列に隊をとり真っ黒な岩礫を行く。四十数個のヘッドランプが発する光の筒は不安げに揺れながら四方へ広がる。山風は以前にも増して冷たく強く吹いた。

「ここからがきついで〜す」

ニット帽に手を添えながら若添さんが大声を出す。とんでもない、と私は心で呟いた。ここまでで十分きつかったのである。プロの言うことに間違いはないのだろうが、そんな脅すような言葉は、はっきり言って使わないで欲しかった。なぜならふと、自分は今どのくらいの傾斜を登っているのだろう、とヘッドランプを斜面に当てるとその角度は六十度にも七十度にも見え、こんなところ無理だろう、と考えた瞬間、私はある重大なことを思い出したのだ。それは何を隠そう、高所恐怖症である。途端に足が固まる、体が強張る。なぜに今頃になってそんな決定的なことを思い出させるのか。だがもう引き返す術はない。登るしかないのだ。

山頂に着くまで二度、私は次のようなことを考えた。

「もし、このまま岩肌に踏ん張る足の力を少しでも緩めれば、間違いなく真っ逆さまに転げ落ちるだろう」

高所からくる恐怖は、この考えとのせめぎあいだった。死ぬか、または歯を食いしばり登り切るか。冗談にも大袈裟にも聞こえるだろうこの辺の切迫した心中は、出来る限り正直に書いたつもりである。息も絶え絶えの中、『助けて！』と、何かにすがりつく自身の弱音を何度も聞いたように思う。あと五分で頂上です。そんな天の声がどこかからする頃には、実際私の両目はぐっしょりと濡れていた。だが低地に下り悠々とした気持ちで振り返るとそれは、ただ恐怖から来ただけのものではなかったと分かる。鳥居を潜る瞬間に感じた温かいものが何よりの証拠だ。例えるならそれは夜空を大きく横切った流星のようであり、初めて娘を抱きしめた愛しさにも近い。

話は前後するが、あの宿を出た七合目から頂上に辿り着く、そう、あの魔の硬直時に若添さんが何度か歩みを止め私たちに語りかけてくれたことがあったっけ……。それは勿論手すりも何もない、しかも風は著しく強い中でのことである。傾斜のきつい山肌に私は虫のように両手両足をピタリとへばり付かせ、冷や汗をかきながら聞いた話だ。

「皆さん、それではライトを消してください」

そうして始まった。

「昔、この富士山に登るということは、それはそれは大変なことでした……」

地元の人に案内を頼み数週間から数カ月かけて登ったのだそうだ。今のように五合目までバス送迎などといったオプションなどあるはずもない。遥か下方からの出発である。しかも、現在のように比較的整備された登山道もない時代。死をも覚悟したに違いない。それゆえ、帰り着いたあかつきには皆から尊敬の眼差しで迎えられたものです、と結んだ。踏ん張り通しの両足から、少しだけ無駄な力がすっと抜けるのを私は感じた。

もう一つは現代の話。

「八月には、この富士山を一気に登り下りする富士登山駅伝という競技があります」

星を見上げながら解説する。断トツで自衛隊員が強いことを訴え、平地から頂上までを三時間余りで登ってしまう驚異を熱く語る。考えれば私たちは五合目から七合目までを約三時間かけて登り、七合目から頂までを六、七時間かけて登ろうとしているのだ。しかも、ハアハア言いながら……。いったいどんな足を、どんな肺を備えているのだろう。平地から三時間！　ダッシュの勢いそのままで登らねば、とてもクリアできるタイムではない。自衛隊恐るべしである。

しかし、十分若添さんもすごい、と私は空間に影絵の如く浮かび上がるその細身の体つきを見ていた。一見、都会のサラリーマンである。長身でイケメン、さぞかし女性にはモテることだろう。山男の風貌など微塵もない（一方のマサさん……こちらは細くはないが、かと言って山男のイメージには少々ゴツゴツ感が足りない）。この体ですたすた歩く。急斜面でも尖った岩の切片にでも、まるで平地を行くような按配だ。私は彼の直ぐ後ろを引っ張られるように数時間歩いたが、その軽やかな足捌きに度々感心した。すごいなあ、と真っ直ぐに（断っておくが、私に男体への興味なぞこれっぽっちもない。ただ、磨き鍛え、を繰り返し、その上で形成された美観には素直に称賛する方である）。ひょっとすると、このズボンの下にはバキバキに割れた腹筋が収まっているのではないか？　そして更にカメラを下へ移動すれば、切れのある大腿四頭筋や、現役時代の若乃花張りにパツパツに怒張したヒラメ筋が眠っているに違いない、と想像を広げたが、やはりどう見ても線が細い。少し休みますか～？　という声も澄んでいる。山という力強さを微塵も感じさせないスマートさである。これが本当のプロフェッショナルというものなのかもしれない。眼下の赤い月を皆で見下ろしていた。

さて、半泣きで辿り着いた鳥居の先へ話を進めよう。

「頂上は原宿状態ですよ」

と出発前に私たちの頭には相当の混み様を植え付けられたが、前日が旗日ということもあり、巣鴨辺りの混み様に一安心。若添さんは道々、時間を確かめ微調整し日の出時刻ぎりぎりに頂上へ辿り着くというまさにプロの妙技を披露しかけたが、少し早かったようである。久々に感じた平地に私は気を良くし、目に留まった山小屋、山口屋の引き戸を開けた。

「いらっしゃいませ！」

ここは日本一空気が薄いはずだが、日本一の元気であいさつが返ってくる場所のようだ。気持ちが良い。中は土産物を手に取って眺める人、冷えた体を何やら汁物で温める人、座敷に上がって、「ふう」と吐く息、伸びる足。日本の頂に、それぞれがそれぞれの姿で満たされている。不意に、頂上のトイレ使用は五百円だったことを思い出し、あの頂上で垂れたなという思い出も有りか？　と一瞬考えたが残念、尿意は催さなかった。外を窺うと、さっきまでは確かな暗がりの一帯も、いよいよだよ、という雰囲気に包まれている。私は誘われるように小屋を出、日の出スポットらしいそんな人混みに紛れ込んだ。

東の空が橙《だいだい》に色付き出す。こんな湧き上がるような興奮の色も、今時の高性能画像スマートフォンなら残せたに違いない。私は頑固にもガラケー派である。ご来光に備え一応デジカメも持参したが、その両方を一人、私はとっ替えひっ替えパシャパシャ撮った。そんな両脇からスマートフォンの太い長方形が攻めてくる。思わず場違いかと手を引っ込めそうになるが、一生にきっと一度の体験だ、その思いが怯んでないるか、と更に高く細々した携帯を天に伸ばす。天気こそ良かったが、結果として途中何度もすっと流れる雲に邪魔されたり、いきなり伸びてくる人の手や頭に驚いたりと、今ひとつ納得のいかない画を数枚残したのみ。だがこの富士とやら、なかなかどうして。瞬間的に肉眼でとらえた光の粒を頂からの全景と共に心の中に封じ込める魔法が使えるらしい。それは一番確かな宝物である。

ツアーとはまことに慌しいものだ。ご来光との初対面についうっとりしていると、

「集合！」の号令に引き戻され、

「じゃ、降りますよ」

スラっと若添さんが言う。見下ろせば易々とこぼれそうな砂地が遥か底まで続いている。下を行く人々は遠く蟻の小ささだ。感動覚めやらぬとはこのことである、現実は厳しい。そして実際、下り路は厳しかった。若添さんは三割、マサさんは五割、頂上に着くまで余力として残しておくよう口酸っぱく注意を促していたことの意味が、この後よ～く分かることとなる。個人個人脚力に差があるとのことで、ここからは各自自由という寸法らしい。「ならば」と途端にスタートする人、砂埃を避けようとタオルで口元を覆う人。私も恐る恐る一歩踏み出す。踵から着地し体の重心は常に後ろに……。それは若添さんが実演を交え我々にレクチャーしてくれた急斜面の降り方である。成る程、確かにこの状況で爪先から地に着き、体を前に傾ければどこまででも走り出さねばならぬ。足の回転は追いつかず転倒は見え見えだ。しかし、伝授された降下法の効き目も空しく、ザザザッと私は砂煙を上げながら滑るように落ちていった。登りの際には岩肌をガッシと噛んだ靴底のスパイクも、第二の足であるポールも

無情に後方へ流される。登りとは一転別の筋肉を使う感覚に、下り始めたばかりの体は既に悲鳴を上げていた。こんなひたすら滑り落ちるだけのような場所で、「いや～きついですね」と私から声を掛けた青年がいる。Aさんだ。

　年の頃、三十前半といった感じ。中肉中背よくしゃべる。私が一つ話すと三倍にして返して来る。だがそれは、ずけずけとではない。相手を思ってという感じが随所で伝わり、そこが気持ちいい。とある病院で看護師をしているという彼。周りには女性が多いこともあり、患者さんへの力添えという段になると決まって呼ばれるらしい。そんな愚痴を砂埃に紛れてぽろぽろこぼす。しかし、その声音は柔らかく自ら喜んで受け入れているようにも聞こえた。休日には近くの山を登るのだと言う。これまでにも数多くの山を制覇し、そして、とうとう今日富士山に……というところでAさんが、「山登りはするんですか?」と私に質問した。「いえ、初めてです」この回答に彼はやや引く。「え!　初めてで富士山ですか?」初登山が富士は珍しいのだろうか。「すごいですね～」それは決してお世辞じゃありません、という響きは、さっきからずっと泣きそうになっている私のこの両の弁慶を優しく撫でてくれた。

　下る我々とは逆に、日はじりじりと登る。見上げる空は雲一つない快晴である。いつの間にか頂は彼方に見えた。高速で滑り降り五合目の出発地点に着く頃には、足の感覚が麻痺し、両手のポールと合わせ、まるで四本の棒がもぬけの上半身を支えているような可笑《おか》しな気分になった。だが、やはり心はやり切ったという幸福の中にいたのだと思う。

と、ざっとここまでが私の初富士登山のあらましである。サンシャイン一行様は確か四十人くらいいたはずなのに、ここまで一人として女性の影が見えない、との指摘もあるかもしれない。それは私との接触がなかっただけで、半数近くは女性だったに違いない。いや？　一人だけいた。歩行中、偶然横に並び、しばし共に高みを目指した女性が。二十代前半だろう、小柄でおよそ無口な娘である。頑張りましょうね的なことを私は一言投げかけたが、彼女からの返答の記憶は薄れている。はっきりした顔立ちではあるが、どことなく影を持った感じ。それはあくまで私一人の第一印象に過ぎないが……。

自然に配列が崩れバラバラになると、少し離れた場所でこの娘を見付けた。そして、女性同士の会話の中に、このツアーに一人で参加した事実を知る。参加者の女性中では、この人が最も若かっただろう。上は五十代と思われる。男性陣もバスの中で私の隣に座を取った二十代のBさんから山小屋であわやのCさんまでと、じつに幅広の参加層。出身地もCさんは北海道、AさんBさんは九州というから、まこと日本の端々から大集合の体である。おまけに外人さんも数人参戦だ。こんなにも大々的に人を集めてしまう富士山の魅力に計り知れないパワーを感じる。いったいどのような思いの下に、この山へと導かれるのだろう、とそれぞれの顔にそれぞれの思いを巡らすと、四十の顔には各々四十の決意や諦観、悲哀等が潜んでいるようにも見える。

スタート地点の宿に帰り着くと、私はリュックごと畳にへたり込んだ。そしてふう、と大きく息を吐いた瞬間、胸元で点滅する携帯の着信ランプに気付く。開くと妻からである。

「今、どこいら辺？　頂上に着いたの？」

とニコニコ顔の絵文字入りで、送信時間は九時十分である。「日の出時刻に合わせて登るのだよ」と何度も教えておいたのに、全く登頂プランを理解していない。だが、そんなあっけらかんとした鈍感さがまた愛らしく思えた。いつかは家族三人でこの山に登ってみたいものである。そんな夢想が、「もう、とっくに下山してます」と打ち返させる。夕べ鳥居荘で貰った弁当を広げた後、Aさんと私は一階へ下り、土産物屋を物色した。うまいコーヒーが飲みたいが喫茶店のようなものはないらしい。表の自販機で手を打つ。日差しは益々力を得ていた。思い切り背を仰け反らせ私は光線の照射を浴びる、高い空にグビグビ奇妙な音を響かせながら。

復路には出来立てワインの試飲と温泉&バイキングのオプションが付く。上等なワインを軽く引っかけ、温泉で体をほぐし、たらふくご馳走を頂けば、バスの揺れも加勢し帰りの車内は至って静か。私もいつの間にかまどろみの中にいたようである。その場の私はこんな静寂の塊のような状態だったが、眠りに落ちる前まではひとしきり隣のBさんと話したのである。行きのバスにはお互い吸う息にさえ遠慮していたようなところがあったが、富士登山を終え、同じ苦難を乗り越えた同志と化し、急速に距離は縮まったのであろう。彼は福岡からのチャレンジャーである。青果に関する仕事をしているそうで、極上な甘さが自慢の我がふるさと福島の桃をいたく気に入っているとのこと。登り終えて今の感想を聞いてみると、胸板の膨らんだポロシャツといい、袖口の隆々さといい、体力は有り余っていますとその体つきは主張するが、顔が富士登山はもう勘弁、と素直だ。そんな彼とも羽田でお別れである。うつらうつらした瞳にターミナルが現れるとBさんは立ち上がって棚の上を探り始める。別れしなもう勘弁、で見せたBさんのあの苦い顔を思い起こし、「次は別のルートで会いましょう」とふざけて言うと、彼はニヤ～っと不敵な笑みを浮かべながら、ペコリ頭を下げてバスを降りていった。正味、四時間は二人して同じ空間に揺れたはずだが、こう去られてみると一瞬である。

「つまらないものですが」と照れ臭そうに、この帰りのバスの中でマサさんが全員に配った土産のことを記すのを忘れていた。あれは昼食を終え再び冷房の効いたバスに乗り込んだ時だ。一センチ大の銀の鈴。「富士登山」と書かれた小さな紙片が、まるで洋上の帆のようにピンと横向きに貼られている。あれこれ考えたが、娘から誕生日のプレゼントに貰ったショルダーバッグに、このフラッグシップを括り付けることにした。持ち上げる度、下ろす度、肩にした私の動きに合わせチリン、チリンと淡く鳴る。

Bさんが下車し、程なくしてバスは東京駅の、あの最初の集合場所に辿り着いた。ここから始まったことを思い出すと、ああ、終わったのだなあ、という感慨が湧いてきた。お土産と共に荷物は車体下部のトランクにある。手ぶらでいいのだ。よいしょ、と立ち上がる。これくらい心地よい疲労感もないだろう。そんなものをスッと背負いながら私はバスを降りた。

【余話】

ここからの話は、先程降りたばかりのバスから百メートルくらい進んだ先の東京駅構内でのスケッチだ。そう、前の話を閉じてわずか数分後に始まるストーリーである。なら、何もわざわざ富士ばなしを終わらせたりせず、そのまま思い出の一章として綴ればよかろう、と言われるかもしれない。だが、私にとっては次に起こる出来事は是非ともまた別の色として書き記したいのである。異なる味に思うのだ。ただ富士登頂で得た達成感やそれに伴う高揚が、この余話に訪れる場面を作り上げたのだろうということは想像に難くない。今回の知命第一弾の冒険が、この東京駅を起点に前後二つの忘れられぬ思い出を得る旅となったことはまことに幸運である。

平日だというのに夕刻の東京駅は人の波でごったがえしていた。隙間を縫い改札へと進む。頭上の電光掲示板に東北新幹線下り、「郡山」の文字がないか目で追う。と……あった！　十六時十二分発やまびこ二一三号。視線を変えると金属アートに埋め込まれた大ぶりの時計。その両者を比較し素早く計算する。『間に合う！』そう心に閃いた。どこに残されていた体力だろう、と、同時に二十二番線目がけて私は駆け出す。右肩に土産で膨れたボストンバッグ。左手にはその入り切らない残りの土産物を抱えて。階段を一段跳びに。更に気が急くと二段飛ばしで舞い降りる。だが、目指す二十二番線まであと少しのところで「間もなく発車します」とのアナウンスが響く。

次の新幹線が来るまでには三十分以上あった。夕飯にはまだ早いなあとは思いつつ、昨日、今日の二日間で体力は相当消耗したはずだと売店でサンドイッチと冷たいコーヒーを買い込む。日暮れ間近のプラットホームに手にした袋がカサカサと鳴った。胸ポケットに差し入れたチケットを指で確かめながら案内版を頼りに自由席を探す。ここでいいか、と足を止めたのは、その自由席エリア中ごろの八号車。十二分発の便を発車させたばかりの歩廊は人の姿もまばらである。足下に先発（ＦＩＲＳＴ）、後発（ＳＥＣＯＮＤ）の黄色いラインがエリア区分を主張している。よし！　と先発エリアの先端に立つ。

ふと何気に隣の九号車を見ると、七十歳には達しているであろう小綺麗に口ひげを蓄えた外人さんがその足下の表記に難しい顔をしていた。どちら側に立つべきか迷っている様子である。分からないのかな、と気になってしばらく見ていると、バチッと目が合う。咄嗟にそちらでいいんですよ、と私の右手は羞恥より先に彼の前のFIRSTのラインを指し示していた。こんな場面ですっと出た自身の意外な行動に我ながら驚く。あれはいったい何だったのだろうか。親切心？　救済魂？　日本人としてのおもてなし？　きっと表情にも愛めいたものが込められていたに違いない。「オウ！　アリガトウ」とでも言うように、彼は大きな右の掌を見せた。

間もなく私たちを運ぶ新幹線が到着するだろう。と、そこでさて？　と私は推察する。あの通り外人さんも先頭、私も一番前に立っている。乗り込むタイミングもほぼ同じようなものだろう。大声を張り上げなければ声こそ届かないが、表情ははっきりと読み取れる隔たりである。何事も無かったかのように素通りするにはこの縁、惜しいように思う。そんな模索が続いたが、意外性の私はここでも大胆に出た。八号車と書かれたドアが目の前にピタリと止まり、大袈裟に溜め息を吐くような音で開いたとき、チラリと彼を見やり『幸運を……』、とさり気なくサムズアップ、私は右の親指を立てた。途端に白ひげの口元が横に伸び、お返しのグッドラックが示される。まるで映画の一シーンだ。どっかと座席に腰を下ろすと、私はぞくぞく心が震えだした。やるじゃん！　オレ。

電車は北へ向けひた走る。サンドイッチとコーヒーを平らげ幾駅も通り過ぎると、大分日も傾いてきたなという思いに、私はもうすっかりあの白ひげのおじいちゃんの存在を忘れていた。優しくブレーキを踏んでいるのだろう、ゆっくりと速度が落ち那須塩原駅に新幹線は止まった。郡山に着く頃は真っ暗だろうな、と窓外に目を向けたときだ。なんと、ホームにあのおじいちゃんである！　キョロキョロと何やら探している。あっ！　と驚きの声を私は喉の奥で発した。と、まるでその声が届いたかのように彼がこちらを見る。この時点での私たちの距離は三、四メートルに過ぎないが、言葉の壁を考慮すればきっと数千キロは離れている。二人を遮る言葉不可のガラス窓の存在は幸運であった。ここで降りるんですか？　そんな意味を込めて私は人差し指を下へ向け何度も上下させる、まるで緊急ボタンでも連打するかのように。その意味が通じたのか、彼は大きく頷いて見せた。もっと何かを伝えたい。そんな欲求が次々と芽生えたが、私の知るゼスチュアには幅も無い。もどかしいこの心は見透かされ、いいんだよとでも言いたげに白ひげの老人の目は穏やかだ。発車のベルが鳴る。私はまた、馬鹿の一つ覚えのように親指を立てて見せた。今度は『良い旅を……』そんな思いをぎゅっと詰めて。おじいちゃんは、白ひげが邪魔だとばかりに大口を開け「ア・リ・ガ・ト・ウ」と片言の日本語を丁寧に窓枠に並べてくれた。整った外貌を支える筋肉までが私に心を許したのか、よく見ると前歯が一本欠けている。〝やんちゃ坊主〃——失礼だがそんな言葉が脳裏を過ぎり、不意に私は彼の少年時代を垣間見た思いがした。

窓の向こうで一人の外人さんが全力で両手を振ってくれている。つい先程まで何の繋がりも無かったこの私一人を送り出すためだけに。不思議な経験である。

夕暮れの富士のハガキは、マサさんがまだ富士山も見えない行きのバスの中で全員にくれたものだ。ありがとうございます、と然《しか》も大切にします風に言って受け取った私だが、そのままポイっとリュックに放り込んだおかげでペットボトルやチョコレート、数枚の着替え等の障害物に押し潰され、よじられ、更には登山中に降った雹が解け出し浸透し、もうシワくちゃである。早めにフレームを用意しようと思う。だが、よくよく見るとこのシワ、中々味のあるよれ方をしているようにも見えるのだ。その挙句、これはこれで良い、などとも考えるのである。歳をとるほどに人は丸くなるというが……。いやきっと、これはあの頂の空気を吸ったが故《ゆえ》の大らかさだ。

アイドル志望

リビングのテレビ画面一杯に男性アイドルたちが華麗に踊り、歌い、跳び跳ね、笑っている。私はオタクじゃない。アイドルというものには毛ほども興味はない。そんなキラキラ輝く彼らに、一、二メートル離れて釘付け状態は娘である。彼女は現在、アイドルグループ〝嵐〟に夢中だ。中学時代からだから、かれこれ七年のキャリアである。中でも俄然心を奪われているのが二宮和也（おっ！　と、呼び捨てはまずい、きっと睨まれてしまう。だが、かと言って、この歳で今更彼のニックネームである『ニノ』と呼ぶのも無理に迎合するようで何とも座りが悪い。堅苦しいがこの際、二宮氏で通そうと思う）。で、この二宮氏の一挙手に娘はキュンとし、一投足に悶えている。まさに今彼女はもう、だめ、とろとろである。私のこの胸元の携帯で、そのぐずぐずな横顔を盗み撮り、「こんな溶解寸前だぞ！」と突き付けてやりたいが、これが恋か？　と思われるのぼせ振りに私の方ががんじがらめ、そんな瞬間だ。いいなあ～アイドル……と私が思うのは。ちがう、ちがう！　実の娘にあんなとろりとした眼差しで見つめられたいなどと言っているのではない。それじゃあ家族が成り立たない。親父とはとかく娘から毛嫌いされ、パンツは一緒に洗わないで、などと疎外感を持たれるものと昔から相場は決まっている。その方がうまく収まる。

　人は皆平等、などと世間は声高に叫ぶが、実際の世の中は不平等、不公平に満ち溢れている。精一杯仕事に励んでも一向に給料は上がらないし、悪は易々とまかり通る。なぜなんだ？　と疑いたくなること数え上げれば切りがない。その最たるがこの『マスク（フェイス）』である。人生は一度だ。いきなり崖っぷちの突き当たりのような、最初で最後の大博打のような、そんな霊験な世界にただポンと投げ込まれ、Ａのお面で生きるか、Ｇの容貌で過ごすかは天と地ほどの差がある。人生はよくマラソンに例えられることも多いが、美貌に生まれればスタートラインなどあってないようなものだ。「ささ、どうぞこちらへ……」ってなもんで、七キロや八キロ先に特別ご招待である。幼い頃には、まだそんな世の中のしきたりに気付かないから、皆仲良く、よ～い、ドンで駆け出したように思っているが、大人になり、世知辛い現実を知れば私など即試合放棄である。もう、走ってなどいられない。不公平感ぱねえのである。

一説によると現世の姿は前世あってのものという。即ち、美男美女に生まれつくということは、前世で徳を多く積んだらしいのだが、ならいったい私が前の世で、どんな悪事を働いたというのか。そんなの嘘っぱちだ、と口を尖らす姿を鏡でちらり見ると、ああ、もしかしたら何かやらかしたのかもしれないな、とも思えなくもない。やはりそんな顔に生まれてくるのは災難である。

男女に関わらず美しい人の存在とは、私のような雑草からすれば、それは道端に咲く一輪の花の如く心に火を灯す人であり、きっと「ささ、どうぞ」の優待を勝ち取ったと人は捉えるのだろうが、そんなのは一瞬だ。瞬く間に嫉妬へ、すぐさま憎悪へと変容する。美男美女の類は生まれながらに宝くじの当たり券を握り締めているようなものである。或いは、目映いばかりの金（ゴールド）の延べ板を体中の彼方此方にぺたぺた貼り付けて出てくるようなものだ。この子は将来大物になるぞ、と人が思うのは、その当選券や金の重みに引かれるからである。いっそのこと、そんな高配当に税金を掛けてはどうかと私は提案したい。払って貰おうじゃないの〝いい顔税〟。それなら平等だろう。

県や市に専門役を設ける。そして、子供が生まれるごとに、おめでとうございます、と自宅に赴く。中々忙しい仕事だが税金のためだ、頑張って欲しい。検分は五歳から開始する。この頃で、やがて光るものはその傾向を示し出すものだ。なお、十歳、十五歳とその推移を追加調査する。ここで忘れてならないことは、随時、周囲の反応を探り出すことである。注意しておこう。その際、己が調査員であることを見破られてはいけない。好感度を見るのに雑念が混じってはまずいからだ。人の背後からこっそり「かっこいい」や「綺麗、可愛い」といった本音の呟きを入手するのだ。これじゃ市の職員というより、探偵に近いと言われそうだが、人が本心を曝け出すのは人の目の届かない所でしかない。当然、担当調査員一人の査定では物言いが付くだろう。年齢層も考慮し幅広く交え、入手した写真や行動癖、外部の声等、様々な資料を精査し、その後、正式判定が下される。評価は十段階。最良のマスクはレベル十である。最低は一。ただ役所としても税収に関わることだ。おまけに人情が混じる。一も二となる。その評価値分のパーセンテージが総収入から税として年末天引きされる仕組みである。例えば、年収一千万円の好男子。現在の所得税税率と保険等で三百万円ほど差し引かれるが、ここで更に、新設の「いい顔税」のマイナス十%が加算され、手取り約六百万円也。それでもまだ高給か？　と計算していてもっと引かれてもいいように感じ出したが、そんな顔のいい一千万円プレイヤーも、そうそういないだろう。美人ＯＬも同様の算出だ。十二月は胸がすっとする、という女性も多く現れそうである。

二十歳の誕生日に、その通知が届く。「お〜い良雄、お前評価十だってよ、ほらよく見ろ」いや〜、参ったな、とは言いつつも、このオヤジ満更でもない。その心境は『やっぱりオレの息子だけある。どうだい、えへへ』と、こんなところだろう。悪い気はしない。そして必ずや払う。それはプライドでもあるからだ。成人式は、この話で持ちきりである。

ミス○○、ミスター××. あっちでもこっちでもいい顔はチヤホヤ、やはり得である。いい、いいとそうやって選抜されたマスクを皆持て囃すが、所詮は人の顔である。目が二つ、鼻が一本、口が一個に耳二枚、部品は同じだ。何をもってしてそのいい顔となるのであろう。そんな言い草はひがみとも取られかねないがこの際だ、解剖でもしてすっきりしようと考える。幸い娘の心は今ここにない、分かるまい。あまりいい遊びではないが、手近にあった裏白なチラシを一枚、新聞の間から抜き取りペンを持つ。

つつーっと人の顔を書く時、私の場合、左頬辺りから輪郭を描きだすが、いい顔と言えば女性の場合など、顎がシュッと、などとよく聞く。その表現に合うかどうか知らないが、我流の美人画を描くつもりで細めに引く。髪型も大きく左右されるだろう。ショート、ベリーショート、ミディアム、セミロング、ロング、ボブ、ポニーテールｅｔｃ。じつに多岐にわたるが肝要は清潔感。人の好みもあるだろう、時代の流行りもあるに違いない。とりあえずここはセミロングに絞り、線の美し気な、のっぺらぼうが仕上がった。さて、次はパーツである。テーブルの上に載った「二〇一〇年度版　ヘアカタログ」。これを使う。パラパラと頁をめくり、これぞと思われる顔面のパーツをそれぞれ二、三種ずつチョキチョキ切り抜いてみる。そして、その中でも更に極上と思われる組み合わせを正月の福笑いのように、先程スッと書き上げた輪郭の上にあてがった。自薦だが、どれも超一級の部品である。さぞやいい顔が出来るだろう、と期待に胸膨らませいざ覗き込む。おや？　と思う。なんか違う。くどいというのか、あくが強いというか、合作を承知の上で見てもなお、作り物過ぎる。スーパースターが勢揃いもつまらないもののようだ。

「やっぱり二重じゃなきゃねえ……」

これはまだ私が幼い頃、三つ上の姉がこぼした乙女の嘆きとも取れる一言だが、この言葉を思い浮かべると、いつも私は娘に対して申し訳ない気持ちで一杯になる。妻はくっきり二重。自分はかっきり一重。この二人の遺伝子から娘が出来上がっているものと思われるが、どの部分をどう子に引き渡すか、子はそれをどう受け取るか、それは大問題だ。勿論、どれを渡そうと思って渡すわけでも、受け取る子側に選択権があるはずもなく、やり取りは自然の成り行き任せだが、図らずも娘の目元は寂しげにすっきりと仕上がった。となれば遠慮してか誰も言わないが、それは私のせいであることは動かしようの無い事実である。罪はないが罰は受けよ、と何とも理不尽なことを言われているような気持ちになる。こんなしょぼい目を好き好んで自分の娘に継がせるはずもなかろう。ただで貰えるものなら大概貰っておく私たち一家だが、これぱかりは貰っても迷惑という代物だ。

以前、あるテレビ番組で見聞きした話だが、歌手の石川ひとみさん、あのお目々ぱっちりなイメージしかない彼女も、幼少期は一重だったらしい。そこでお母様が彼女に対し、しきりに手で目をこするよう言い続けた。子としては意味も分からず、一つの癖のように動かしていたに違いない。果たして結果として、あの人目を惹くくっきり目に生まれ変わる。そんな手本があるなら、と私も娘がまだ小さい時、「はあ〜い、ゴシゴシ。はあ〜い、ゴシゴシ」とやったものだが、素直に真似るその従順さが不憫で止めてしまった。このままでも十分に可愛いのだ、とそう心に言い聞かせての決断である。しかし、今考えれば果たしてどうだったろう、とも悩む。あの時いっそ鬼と化し、ゴシゴシを呪文に日課として続けさせるべきだったろうか。どっちだい？そっと向こう岸の彼女を見やる。

このところ毎年耳にする世界規模の美人ランキング。ああ、成る程という顔はさすがに多いが、それとて完璧とは言えない。確かに惹き付けるものはあるが、一方で変に口が大き過ぎたり、鼻がやや上を向いていたり。見る人が見ればそれもチャーミングに映るのか？

日本人のいい顔代表格のような女優、石原さとみさん。涼しげな目元とは、まさにあんな眼をいうのだろう、とは思うが、失礼ながらよくよく見れば唇は厚ぼったい感じがするし、笑ったときの歯茎も気になる。その他の部分が特級品だから尚の事目に付くのだろうが、どうしてもやっかみの混じる私は、そんな世界トップレベルの顔にだって弱点はあるものだと声を大にして言いたいのである。

ちなみにその石原さんだが、何年も連続で日本人としては上位にランクインしているが、私はその度彼女の口をつく、「お父さん、お母さんありがとう」というセリフを聞いたと記憶している。一般的に使われる「お父さん、お母さんありがとう」とは、私を育ててくれて、などに繋がるものだが、この場合、彼女はお父さんとお母さんの顔、つまり二つの美男美女という優れたＤＮＡを授けてくれての意味と私は捉えている。だがそれは正解であり、不正解でもある。なぜなら同じ兄弟でどうしてこうも！　というケースはままあるのだ。美×美同士の組み合わせが、必ずしも同じ美の子を儲けるとは言い切れないのである。そこには何やらの大きな計らいがある。感謝はそこにすべきだ。

料理なら甘さを出すために、敢えて少量の塩を入れたり、絵画なら明るさを強調するために、逆に黒を多用したりと、Ａの効果を狙いＢを投与する。だがしかし、それでいてＢはＢの輝きを失うわけではない。ＢはＡによって、その存在が映えるのだ。つまりはバランスということになる。キラキラの目は少し厚めの唇が引き立てる。だが、そんな厚めとも取れる口元は涼しげな眼にふっくらと、愛らしく質を変える。もう一度見たい、もう一度逢いたいと思わせるいい顔とは、この辺の相乗効果が秀でていることを指すのではないだろうか。

顔のバランスを論じていて、以前ドキリとした出来事を思い出した。私はピアノを一つの趣味としているが、ある時いつものようにリビングで弾いていると、天板に叔父（Ｔちゃん）のドアップ写真が載っていることに気付いた。え！　なぜ？　とまず思う。彼は親戚には違いないが、現在他県に住んでおり、私とは特に深い親交があるわけでもない。さしずめ冠婚葬祭で顔を合わせるくらいだが、ここ数年はそれもない。賀状でのあいさつのみだ。しかもTちゃんは通常の写真サイズではなく、A４くらいのでかでかとした顔である。妻か娘か？ と一瞬二人を疑うが、いやいや私以上に関わりがあるはずもない。演奏を中断しそれを手に取ってみると、なあんだ二宮氏ではないか。

娘は彼の写真が載っていれば、アイドル雑誌はもとより、新聞、家電製品のパンフレット、お菓子の袋から洗濯洗剤といったほんの小指の先程の小さな彼まで切り抜いて収集している。そして、それらの顔は、まるで我が家総出で彼を応援でもしているかのように各部屋の至る所に貼られているが、余りの多さに貼り切れず放置状態のものもある。その一枚が偶然弾いていたピアノの左手にあったのだった。だがそれが、なぜTちゃんに見えた？ 核心はそこだ。Tちゃんはとうに還暦を過ぎたおっさんである。若い頃とて二宮氏など似ても似つかぬ顔だったことは皆知っている。人の好さがもろに出る、あの笑った顔が私は大好きだが残念、アイドルとしては不向きな地味フェイス。

目の錯覚だろうか、とあった場所に戻す、と、あれれっ？ Tちゃん……。再度手にして、その謎が解けた。いたずらをしていたのは、顔の中心から上下左右に伸びる二本の線、四つ折にした際出来た十字の折り目である。その盛り上がりや窪みが、角度によって別の顔に見せていたのだ。これは面白い発見である。興に乗り盛り上がりを更に盛り上げ、窪みをぎゅっとV字まで勢いつけると今度はある角度が会社の同僚A君に似てくる。ならこれでどうだと激しく上下を弄《いじ》っていると二宮氏の皮膚はひたすら伸びたり縮んだりするが、それはどこかですれ違った人にも思えてくる。人の顔をおもちゃにして引っ張ったり緩ませたりこんな遊びが出来るのは紙面上だけである。Tちゃんも A君も、見知らぬ通行人も皆、ベースは二宮氏なのか。わずかに屈曲を加えると似るのだから、少なくとも同系とは言えなくもなさそうである。ピンと張りシワを伸ばすと、三人はすっと紙の上を黙って過ぎていった。

私がこれまで生きてきた中で実際にこれぞ！　というそんな顔に巡り合ったのは四人である。女性が一人、男性が三人。そのどれもが恐らく無修正のまま芸能界にでも滑り込めそうなレベルである。私は恐れ多く、或いは怯んでつい聞きそびれたが、最後の一人、S君に私は勇気を出し、失礼を承知で質問したことがある。その内容とはこうだ。

「自分の顔が好きか？」「周りがどう見えるのか？」「その顔に生まれて幸せか？」

未知の世界なだけに聞きたいことはまだまだ山のようにあったが、差し当たりその辺を聞ければよく、私は、どうか？　と、ある時そのいい顔を窺った。だが、彼の反応は意外にも薄かった。まるで、「そんなこと考えもしませんでした」とでも言いたげな表情である。そんな顔をされると、聞いた私が哀れである。直ぐに話題を変えた。しかし、本当だろうか？　という疑念は拭えず何か掴んでやろうと事あるごとに彼の反応を探っていたが、見るといつもSはのほほんとしているのだ。本心はきっと、「えへへ……どうだ〜い」と、こんなだろうと考えるのだが。そんな生涯の宝物を手にして、もっとその価値を感じないことには勿体ないよ、素直になりなよ、と諭すように言ってあげたい完敗の私だった。

それにしても水素、酸素、炭素、窒素……、そんなもので人間が出来ていると知れば、そんな単純なもので人間を作ってしまうとは、とただものではない神の存在を意識せずにはおれない。無から生命を創造する力量があれば、同じものを作ることなどさぞ易しかろう。世界には同じ顔が二、三あると言われるが、はっきり言う、それは無い。なぜにそう断言できるのか。なぜなら私は一卵性双生児、これ以上の相似はない。小さい頃には似てるね、と言われることは茶飯事だったが、それもよく見れば全く違うのだ。似通った顔はきっとあるが、同じ顔は一つとしてない。

前述の十字のいたずらで見た同系の顔相に髪型を揃え、眉の太さ、長さ、傾きを近付け、同一のシャツを着せ、同じポーズ、同じ表情を作れば益々似てくる。ネット上には同じ顔と称してこの手がよく使われる。わざわざ目を吊り上げたり、鼻を数ミリ上下させて、人類史の恐らくどの時代にも無い無二の顔をそれぞれ個々に与えることには何か理由があるように思えてならない。その顔で生きよ、その顔がお前の人生街道における通行手形なのだ、とでも言いたいのだろうか。やがて年輪のように刻まれた数本のシワが、幾つもの門を通過した証となるのか？　そんな角度で肯定すればこの顔で歩いてきた道中で好きになった人、好きになってくれた人、そんな人たちに会えたことはこの顔ならではのレセプションのようにも捉えられる。別の顔に生まれつきこれらの人に出会えなかったと想像すると、じつにそれは耐え難く、惜しい気持ちが込み上げてくる。

相変わらずうっとりと目を細めている、この子にも会えなかった、それだけは絶対に嫌だ。

はっ、と画面から噴出する大歓声に我に返った。

そうだ！　整形、という手もある。画面中のあの五人の右端に、または左隅に想念の中、術後の自身を置く。すると「ナンか変……」というざわめき。「引っ込め！」という怒声。「お願い、やめて！」という哀調が木霊した。アイドルたちを立てば絵、話せば微風みたいに思っているんだろうが、彼らはものすごいトレーニングをしているんだよ、と誰かが言う。やってみたいのだ、その地獄のトレーニングとやらを。プライベートなんて無いに等しい、とまた誰か囁く。いらない、そんなもの。五十を過ぎて、整形で立ち向かおうとする私に怖いものなどないのだ。現世が駄目なら、来世こそ……。

娘は気付いているだろうか。アイドルになど微塵も興味がないというこんなオヤジが、密かにアイドル志望であることを。

黄泉路《よみじ》歯科医院

病院というところは押し並べて好かれるものではないが、その中でも歯科は特に嫌われる存在のようである。なぜだろう、とあれこれ私なりに理由を考えてみたが、それはまず何より不意に医師が手にする小型タービンにあるように思われる。超音波めいたあのキュイーンと唸る高音に恐怖を感じない人はいないだろう。あれがそのままこの歯に当たるのかと考えれば、どう連想しても痛さしか浮かばない。黒板やガラスを爪で引っ掻いた際のあの歯が浮くような感覚とでも言えばいいのか、兎に角、不快極まりない。

また、部門に対してのイメージというものもあるに違いない。内科や外科には、どこか生命に直結する危機感や切迫する重みのようなものがあるが、歯科にはそれがない。なんなら抜いてしまえ！　それで片が付くだろう的な呆気なさすら覗き見える。歯というと一見、体の外側に付いているような錯覚を抱くためか、思いの外軽視され勝ちなところもあるのではなかろうか。おまけに、それでいて一度痛み出せば疼きは不意をついた変則波長のようにしつこく襲ってくる。いわんや襲われる度、その痛さの度合いは増長する。嘘か真か口腔は脳に近いことで痛みを感じ易いのだ、と幼い頃聞いた覚えがあるが、紛れもない真実だと確信させるに余りある。成る程、十センチそこそこの距離である。仕舞いに痛いのは歯なのか、それとも逆に脳の痛覚が伝播して口中に及ぶのか、そんな判断すら麻痺してしまう。舐めて掛かったら相手は意外にも本気で攻めてくるのである。命に関わるのならまだしも、こんな歯如きで呻くほどの痛みは理不尽とばかりに嘆く。嫌われても仕方ない。

歯が立たない、歯に衣着せぬ、歯には歯を。或いは歯止め、歯切れ、歯痒いなどといった使い方もあるこの「歯」という一語だが、そこには物事の習いとして感覚や状況伝達の一端を軽く齧るような素振りも窺え、その言葉に秘めた殊勝さを思うが、そんないじらしい歯を守ろうとする肝心の歯科医も、こう苦い顔をされては気の毒である。そんなにいじめないでくださいよ、との表れだろうか、歯科医院の名前にはかなりユニークなものが多いように思う。痛くないよ、怖くないよ、と語りかける看板が愛らしくも切ない。

固有名詞は挙げづらいのでそれらしいものを例として出すが、スッキリ歯科、スマイリー歯科、クリーン歯科などといった爽やか系から、ゾウさん歯科、にこにこ歯科、ロマンス歯科に及ぶポワ～ンとした雰囲気を醸し出すものや、さみ歯科、うれ歯科、と暗に受けを狙ったと思われるものまでじつに幅広く、いざ開業という段で、よくぞその名で思い切れたものだと感心するものも多い。

ご多分に漏れず、私がこれまでお世話になった数軒の歯科医院もそんなハイカラな名の羅列である。そして、現在通っているところも華やかな香りで魅了する名だ。ただ、こう言っては叱られるかもしれないが、看板こそいい香りがするものの、そんな高貴な雰囲気は待合室にも診察室にもどこにも見当たらない。受付兼歯科助手のお姉さんのにこにこ顔には幾分心も和むが、それとて医院名から受けるゴージャス感には到底及ばないにも拘わらずこうして五年も六年も面倒をみてもらっているところを見ると、決してこの私は嫌がっている気配はないようだ。先生も悪い人ではない。この彼の趣味だろうと思われるが、でっかい水槽を置いたり、動物のフィギュアを窓辺にずらずら並べちゃったり、壁には駄菓子屋風の小さな暖簾のようなものが掛けてあったりと、まるで友達の家にでも遊びに来たような、そんな家庭的な小道具で一杯のこの歯医者さんは、看板の域にまでは達しないもののタンポポやシロツメクサくらいの温かさは十分にあり、そこが私は気に入っている。物語は、このタンポポ歯科医院

（仮称）で起きた実話である。

ある日のこと、前歯の、かれこれ三十年近く世話になっている差し歯が外れた。一番目立つ中切歯《ちゅうせっし》の右である。いったい何度目だろう？　ぽつぽつ振り返ると、もう十回以上。よく外れるなあ、とぼやきかけたが三十年だ、よく持ってる。その見方の方が当たっているのだろう。こんな湿気の多いところにじっとして、年がら年中雑多な食べ物たちの砕き役を引き受け無理に力が加わることも少なくはないだろう、ゆっくり休む暇もない。それに外れてみると改めて感じるがこれが意外に重い。他の自前の歯に比べても優に三倍はあろうかと思われる重量である。こんなハードティースがいくら接着してあるとはいえ、芯は細い支柱一本だ。上側に刺さっているだけのような状態で、ボトンと落ちるのは当たり前かもしれない。

その外れるシチュエーションも様々である。引っ付いているものが外れるというと、何か特別強い衝撃が必要だろうとお思いだろうが、存外そうでもない。ある時は友達と大笑いした拍子に……、またある時は熟睡していてカパッという歯の浮いた音で目覚めたこともある。

柔らかいパンを三口ばかり齧ったときだった。ああ……という溜め息と、とうとう来たのかい、という微かな懐かしみのようなものが入り混じり、ポトリと舌の先に載った。その日は運よく平日だったので早速、タンポポ歯科へ外れた旨、連絡すると先方も慣れたもので、「ああ、ハイハイ」の調子である。十回も外れればこうなるのか、そそくさとまた予約を入れた。勿論早急に頼む、と翌日、朝一での予約だ。いい歳をしていつまでも前歯が一本ない状態というのも哀れである。取れた歯を手の平で転がすと、やはり重い。何気に匂いを嗅ぐと、ムッとどぶに似た臭さ。お前もよく頑張ってるな、そんな言葉を掛けてやりたくなる。少し黄ばんだその歯を水洗いして小さくティッシュに包む。忘れないよ、と財布の小銭入れに仕舞い込む。

　次の日、タンポポに行くと先生は何事も無いように私を診察台へ横たわらせ、マスク越しにいつも通りこんにちは、とあいさつを投げかけた。

　私の名はえ・と・うだが、この字の通り呼ぶ人はまずいない。大概はえとー、と最後の「う」を棒にして言うが、この先生はその棒さえも省略して、あたかも跳ねるように「えとさん」と私を呼ぶ。この発音にもやはりタンポポの親近感を覚えるのだが、その日、先生はこの近しさを利用して私を刺した。ぐさり胸深くこう言うのだ。

「えとさん……この歯、もうどす黒くなってますよ」

　抜け落ちた歯の隣である。どす黒い？　なにもどす、とは。私はカッと赤面した。

耳まで火照った。失敬な！　知っているよ、私も。そのくらい重々承知である。鏡を見る度に、ああ随分変色してるな、とは予てから思っていたのだ。けれどまあ結婚もしたし、この歳だし……、もういいかと考えていたところである。それをズバリと指して言う。恥ずかしさを示す赤いものは、服で隠れたところにもきっと拡がっているに違いなかった。だが決して先生は悪人ではない。要するにこう言いたいのだ。もう何十年もこの差し歯で来て、周りの歯とも次第にマッチしなくなってきた。その上、老化もあり骨格自体変形し始めている。この際、新しく差し歯を作り直してはどうか？　自然に見える白い歯を、是非その口に嵌めてみないか、と。あくまで私のことを思って言ってくれているのだが、この一言はさすがに堪えた。くぐもり声で「分かりました、じゃ次は……」と不本意ながらも意を決した。

「セメン」と、先生が助手に指示する。外れて疲れきった歯を、また元の空間へねじ込もうとしている。私は一瞬「セメントを山盛りにしてくれ」と思う。いやいや、セメントなどと言わず、コンクリでも何でも、もう絶対外れないようにくっ付けてくれ、と願う。固定されるまでの数分を私は阿呆のようにただ口を開けて待った。暫くして、「はい、お疲れ様で~す」という助手さんの優しい声音に、ああ、きっとまた直ぐに外れてしまうんだろうと考える。案の定、その日を迎えたのは予想より遥かに早い、三カ月後の十一月初旬であった。だが、もう心は決めてある。この歯は卒業だ。バージョンアップを図るのだ。思い一新、タンポポに向かう。そして事件は起こった。

忘れもしない。あれはどんよりと曇った午後である。待合室には一人の老婆が座っていた。診察券を受付に出し、私はその老婆の真向かいに吸い寄せられるように腰を下ろす。見ると先程と変わりなく背を丸め、丸くなるという形容そのままの老女である。部屋には患者を退屈させない配慮からか大きな水槽に熱帯魚を泳がせているが、彼女は時々、その方に顔を上げては、ふふ、と左の口角を上げる。その仕草が私はずっと気になっていた。

呼ばれるまでには、まだ間があるだろう。壁掛けの時計を見ると、予約時間の五分前だった。横にあるラックを物色する。ここは女性患者が多いのか、比較的男向けの雑誌は少ない。だが、呼ばれるまでのほんの少しの時間さえ潰せればいいのである。私は比較的新しそうな女性週刊誌に手を伸ばした。パラパラと頁を繰る。と、虚を突いて目に飛び込んできたのは「死後の世界」、この痛烈な文字だった。ファッション、コスメ、おいしいお店情報や芸能ゴシップといった系統は概ね素通りする私だが、ここばかりはガッツリと引っ掛かった。嫌いではない。いや、この類、むしろ好きである。

　思い起こせば、あれは私がまだ小学生の頃だから、かれこれ四十年以上も前の話になるが、夏休みというと決まって昼時に見ていたテレビ番組がある。それは「あなたの知らない世界」。今にして思えばかなり胡散臭いが、当時の私は夢中だった。霊的且つ、摩訶不思議な事象をドラマ仕立てで再現するという構成で、背筋に冷たいものを覚えつつ姉弟三人で見ていたのをはっきりと記憶している。惹かれるのだ、やはりそんな未知のものには。

　知らないことを知りたいという欲求は人の持つ本質だろうが、こと、死に関するものについては皆、意識こそしないが心底では恐らく欲求の域を超え、希求し渇望に訴えるものと想像する。死とは恐ろしいもの。それは定説の如くいつの世にも蔓延《はびこ》る心の萎《な》えであるが、その怖さの根源は無知によるところが大きい。死を基点として見た場合、その後方には確固たる生という実体があったが、はて？　続きはあるのか。そこは未だ闇に包まれた場所である。物理的、化学的な見地からすれば死は全ての終わりであり、死＝終焉、そして「結」となる。その説が揺るがぬものなら気持ちとしての整理の付け方もある。だが、いや待てよ？　何かあるぞ、と疑問を投げかける常識では説明の付かない事例も多々あるのだ。そんなものに触れる度、生きている我々はいっそ逸らせばいいのか、逆に尻込みすべきなのか心の持ち方に困るというものである。生あるもの、死は必ず訪れる。それは決まり切った約束事なのに、その最後のさいごがこんなにも不安定要素まみれとは嘆かわしい限り。

「これが心霊写真だ！」とでかでかしたタイトルで誌面に数枚の写真が載っている。人物の目元が黒の棒線で隠され、赤丸で囲まれたところに霊がいるらしい。そう言われれば人の顔に見えなくもない。この頃では、そんな曰く付きの写真も横にし、逆さにもひっくり返し凝視する私である。

幼少期に自身が対峙する死とは真っ更でただの恐怖であった。自分にとっては極めて関係性の薄いもの、それがやがて青年となり、改めて死というものに思いを馳せると、何やら正解のない答えという悩ましげな境地を空転していた。いよいよ老齢へと向かう今、やはり相も変わらず気の利いた返答も得られぬままの状況に変わりはない。はたと気付けばピタリ己に死の影がにじり寄っていた。

死についての問答とはどこから切り崩せばいいのか、何から理解すればいいのやら……。そんなうやむやついでに注文を上げるなら、この「死」という文字もいけない。まずもって優しさがない。人に対する思いやりすら見受けられない。冷たさだけで成り立った字面である。更に言えばいきなり心臓をぐっと握る造形だ。私はそんな考えから、最近ではこの「死」の文字の上蓋を開け、さらりと（タヒ）に分解し、その右端にせめてもの生の名残として二つおまけの点をくれてやり『タビ』と捉えてまったりしている。そう、さすらいの旅である。母の死や愛犬との別れ、また多くの知人との別離に、死とは見えない旅に出るようなものかと、そんな気配を感じたことも大きい。

次の頁をめくると幾人もの臨死体験談が載っていた。自身の寝姿を天井から眺める話や三途の川のおぼろげな景観、時に亡くなった親戚が手招きで呼んだり、来るな！と声を張ったり、目映い光のトンネルを潜る経験やら、そんなおよそどこかで見聞きした話題が続く。幼い頃の私ならこれでも十分に死後の世界だが、今となっては迫力に欠けるというか……知りたいのはそこじゃないのだ。帰ってきたのだろう？ つまりは死んでいないのだ、と言ってしまえばぐうの音も出まい。向こうの住人ではないのである。

やがて鼓動が止まり、呼吸が意味を失う時、肺にある残気を排出するため最期に大きく息を吐くというが、この時意識はどうか？　それは絶望の溜め息なのか、それとも安堵の吐息か？　血流が止まった後も、まだしばらくは脳の機能は働くものと思われる。その時、今、自分は死んだのか？　と、そんな気付きはあるのだろうか。もしくは眠るようにどこかへ落ちていく感覚なのか。人類が誕生して、もう二千年以上経つというのに、そんな一番肝心な生の続きの解明に窮している状態である。これからも当分、正体を突き止めることは期待できまい。

……と、そんな風に死後の魅惑の淵を私は何度巡ったのだろう。「えとさ〜ん」というやや棘のある声で現世に引き戻された。

診察台で横になり、さて、という気構えで今度こそ新しい歯を作る決意を話すと、タンポポ先生は上機嫌でこう言った。

「じゃ、型とりますねえ」

後は私の口は先生と助手、この二人の自由である。勝手にしてくれと目を閉じると、また私はあの世界を彷徨ったようだ。ふと気付くと、もう二人は遊び終えたのか、じゃ、この次、と綿毛のようなふわふわ感で先生が言う。

待合室に例の老婆の姿はなかった。しばらくすると会計だろう、「えとーさん」という声に小さく返事し私は立ち上がる。「次回作る新しい歯を思うと」今日の治療費が心配になった。財布の中身をゴソゴソ確かめながら受付へ向かったその時である。囁くように目と鼻の先で女性が思いもよらぬ言葉を発したのだ。「か・り・ば」？？？か・り・ば……、か・り・場……、仮・り・場！　現世は仮りの場である。そんな文言が目の裏に浮かんだ。私はグググと、また例の世界へ引き戻された。どきりとして顔を上げる。すると、ここは地獄の受付か！　目の前の女の目はヘビ、鼻が猫に、にやにやと笑い今にも赤い舌先はチロチロ伸びかけている。ハッ、として向かいの診察室を見やると、台に縛り付けられた老婆の舌を先生がやっとこを手に引き抜こうとしているではないか。あ、ああ……！　と思わず叫びそうになった次の瞬間だ。あのキュイーンが耳に届いた。引きつった顔を恐る恐る戻すと、あれれ？　受付の獣人はいつもの助手さんになっている。しげしげと私の硬直状態に見入り、そして、彼女は遠慮がちにこう言った。

「あの～、仮歯は脆《もろ》いですから、気を付けてくださいね」

やがて出来上がってくる本歯の代わりに、今日は仮の歯を付けてくれたらしい。

な～んだと言うことなかれ。何のことはない。いつまでも死後の世界から抜け出せずにいた私の耳に「仮歯」が「仮場」に聞こえただけの話である。とは言え、仮歯も仮場も似たようなものかもしれないという想念にしばし捉われた。手も足も、この中身の五臓六腑に至るまで、日頃私たちは何の疑いもなく自分のもののような扱いをしている。無論、私のだよ、と今与えられている生活環境や境遇までもが馴染みのように我がもの顔だ。だが、それら全てはここでだけ、今の世だけで使うものであり、来るべき死に際し一つ残らずどこへか返すものだ。

鏡の前でニッと笑う。新たに付いたこのいい感じの歯を、私は大いに気に入っている。やはり餅は餅屋、歯のことは歯医者に任せるべきだ。どす黒い部分もすっかり削られ、まるで磨かれた宝石のようである。カッチリとくっ付いたこの如何にも自然な白い歯は、今のところもう永遠に取れないのではないかというくらい頑丈だが、これとてやはり借り物に過ぎない。

微笑《わら》う羽

聞くところによると……、見える人には見えるらしい。知人にもいるのだ。濡れそぼつ黒髪や寂しげな撫で肩、恨めしそうな流し目が部屋の隅やら天井からブラ～ンやら、また時には道端でそんな異様さを纏う妖気にも出くわすという。その際、こちらが気付いていることを悟られてはならないよ絶対に、と決まって氏はこの「絶対」を強調する。なぜなら、相手は自分の存在を認めてくれる人間を探しているのだそうだ。目が合えば付いて来る、ずううっと離れないとも言う。ああ、思い出しただけで背筋に冷たいものを感じてしまう。だが、ありがたいことに私に備わった霊感はあまり感度がよろしくはないようで、そんなおぞましい心霊体験はこれまで一度もない。ところが先日、ついにというか、五十一にしてとうとう「おや?」という不可思議な出来事に遭遇してしまった。ただしそれは前述したぞぞっ、には程遠く、逆にほんわかと温かく包み込む感覚で、これを果たして「異様さを纏う妖気」と一緒くたに話すべきか迷うところだが、少なからず訝しみを覚えたことに違いはない。
　これからその一部始終を書き記したいと思う。読者はこの手記の前半では、そんなの偶然だよ、随分ポジティブだね、等と受け取るかもしれないが、きっと読み進むにつれその思いの方角は逸れだすのではないかと私は考えている。いや、もしそうならなければそれは私の筆に力がないだけだ。そして、あなたの心は加速度的に逸脱し、そうだ、きっとそうに違いないと、何やら体験した過去の現象を持ち出すやもしれない。この人一倍疑り深い私が、あの体験以来がらりと心の持ち様が変わったことで、そんなことも言い出すのだが、なおも私はこう付け加える。それは常に身近で起こっている現実であり、感じようとする意思がそこにあるか、もしくはただ無為に通り過ぎるかの違いである、と。

　あれは昨年、一月下旬のことである。ＡＭ三時三十分、私は携帯のアラームで目を覚ました。随分と早めの起床だが、前夜の天気予報で降雪を知り余裕を持っていつもより一時間半も早く起きたのである。通勤にはマイカーを使用している。雪のない期間はこの移動時間を約四十五分と見ているが、冬季、特に積雪のある時はこれが全く読めない。このくらい早めに起きればそうそう遅刻もないだろうという計算である。

昨日まででで庭の雪も深いところでは既に五十センチを超えていた。更に夜間はどのくらい降ったものか、こりゃ雪かきをしてから出勤だな、と欠伸をしながら私は諦めをもって覚悟する。二階の寝室から見下ろす位置にカーポートの屋根があるが、そこを積雪の一定の目安にしており、ガラスのくもりを手の甲で拭い見ると思ったより積もっていない。薄暗がりではっきりとは捉え難いが、恐らく五、六センチといったところだろう。雪かきはしなくていいかも、とちょっと嬉しくなる。ただ、この日気掛かりは異常な寒さだった。ベッドを抜け出た瞬間に訪れた、それは肌が察知した警告のようなものだ。氷点下九・二度、後に知ったこの朝の気温である。この地方でここまで冷え込むのは稀だ。いつもより心持ち厚手の上下に着替えながらつい寒っ、と口走る。隣室で寝ている妻と娘を起さぬよう忍び足で階下へ下り、出社の支度を済ませると玄関へ向かった。電話台の引き出しにある鍵束を取り出す。ズボンの裾を押さえるとズッ、ズッと両足をゴム長の底へ落とした。

しかし考えてみれば習慣とは面白いものだ。朦朧とした頭で内側から玄関ドアの錠を回し右足の一歩が勝手に戸外へ踏み出したと同時に、左手に携えた鍵束から右手の指先が該当のキーを直ぐさま探し当て、焦点の定まらぬ鍵穴に差し込みガチャリといわせている。こんな無意識に辿るルーチンは、体に沁み込んだ一種の慣性だろう。

サクッ、サクッ、軽めの音と足裏の感触で雪のコンディションを把握する。雪明かりに見定めるアプローチの積雪は約十五センチといったところ。長靴なら余裕だ。軽快に駐車場へと向かう。そして愛車の横へ辿り着くと、あの例の慣性が右の人差し指を指揮し車のキーを捜し始める……が、はて？　ない！　思わず鍵束を凝視した。あるはずのもの、あって然るべきものがそこに思いがけずない場合、人は案外素直に頓狂な声を出すもののようである。今手にしているキーホルダーは四年前、私の誕生日に娘がプレゼントしてくれたものだ。五つ程鍵を保持できる作りだが、特にこれといって付けて持ち歩くほどのものもなく、とりあえず家と車の鍵を繋げている。ごちゃごちゃとあれこれくっ付けていれば、或いはそれらが及ぼす何らかの力加減で偶然に外れたのかとも考えるが、すっきりと二個でまとめてある。なぜだ？　兎に角この時私は大いに慌てた。茫然自失、支えを失った頭部がぐるりと横一回転したような気分であった。

『昨夜車を降りる際、イグニッションに鍵を挿したまま降りようとして、その際何らかの拍子に鍵束から外れたのではないか？』

ドアに手を掛けガタガタ揺らすが、しっかりとドアは閉ざされている。外からオートロックを掛け、閉めたことに間違いはないようである。

『電話台の引き出しか?』

そこには妻の使用する鍵束も一緒に保管されている。ひょっとすると絡まってポロリ、の可能性もゼロではない。屋内へ取って返す。引き出しを開け妻の鍵束を除け、中にあったボールペンや住所録、メモ用紙等を掻き分けるが、ここにもない。

『ズボンのポケット?』

脱衣所に駆け込み洗濯かごに手を突っ込む、前日穿いたズボンにも……やはりない。

『ズボンのポケットに鍵束をしまった時、その一つだけが落ちたのかもしれない。とすると、車のすぐ傍にあるはずだ!』

とまたもや駐車場に引き返す。落としたとしたらこの辺だろう、と運転席側のドア周辺をスコップで掻き散らす。その後も狂ったように一帯の雪を掻き分け続けるが、そのうち心はへばり出す。顔を上げると雪原のような庭が広がっている。あっ! とそこで私は肝心なことに思い当たる。スペアキーの存在だ。その手があったではないか。ただ、私は今の車を購入して、もう十年が経とうとしているが、乗ってこの方、

と妻が言う。

無謀にも自転車での出社を想像し、いやタクシーかと迷っていると「送ってくよ」と軽い鼾の彼女を無理やり揺り起こし、事のいきさつを話すが妻も知らないと言う。そのスペアキーなるものを見た記憶がない。妻ならきっと知っているに違いない、と

彼女もこの日は仕事である。時間的にはかなり早くなるが、そのまま出勤の意向らしい。

久し振りに利用した普通列車。暖房の効いた車内で程良く揺すられると、やや気持ちが落ち着きを取り戻した。何か変だぞという思いに強く捉われ出したのはこの辺りからである。間違いない。

「車のキーはしっかりとホルダーに繋がっていたはずだ。前日も車を使い会社を往復したことでそれは立証できる。何の疑いもなく私は昨晩愛車の施錠をし就寝に至ったのだ。それがなぜ、こうも突然姿を晦《くら》ましたのか。神隠し？」

ところが一転、私はその後、遅刻という後ろめたさを抱えながらも、改札を抜け駅構内を悠々と歩く場面に、電車内の空気に、そして車窓を流れる雪景色に何やら浮き立つものを見たのである。電車を降り、そこから会社までの道のりもまた楽しいのだ。

そうしていざ会社に着いてみると、朝の一騒動ゆえ、大幅に時間を取られたように感じたが、それもたかだか二時間程度の遅刻である。なあんだ、ちっとも慌てることなんてなかったんじゃないか。心が数ミリ膨張するように感じた。

同僚にあいさつし仕事に就くと、私の中に今度は一つの疑念が芽生え始める。このキー紛失事件には何か重大な秘密が隠されているのではないだろうか。それは例えば、この日私を車で出社させることを阻止するための策略？

その二カ月前、妻の運転する車が雪道でスリップし横転するという事故を起こしている。今回私があのまま車で通勤していたとすれば、ひょっとするとそれ以上の事故に、いや、あわや人身事故というケースもないとは言えまい。行くな！　と何者かによる抑止が働いていたのだとしたら……。私はその後も幾つかのおやっ？　を思わせる不穏な場面に遭遇し、その都度、確固と城壁を築くかの如く疑惑に対する確信の質を高めていくのだ。

こんなこともあった。帰りの電車内での出来事だ。しばらく走ると、ある駅で見知らぬ二人の男性が乗り込んできた。ここはローカル単線路、夕刻とは言え、いわんや車両はガラガラである。こんな状況をもってしてもなぜか彼らはそこが我が舞台とでも言わんばかりの形で、通路を挟み私の真正面に座した。そして程なくして耳にする彼らの会話に私は吸い込まれていくのである。

「今じゃ殆どできる人もいなくなっちゃったんでね、俺がやるしかないんだ」

それはワイヤーボンダーのオペレーティング講義だった。

私は半導体関連業務に携わってこの方二十八年。一昔前までは、「産業のコメ」などと持て囃されたものだが、最近では米中欧にその主導権は奪われ気味である。国内の衰退を嘆くわけでもないが正直、こんなことをしていて何になる、いつからかそんな羞恥にも似た、いじけた心持ちで過ごす日もあったのだ。しかしそんな折、たまたま電車の中で聞こえてくる生き生きとした声の艶に、胸を張る言葉の端々に、何と言うか、まるでいびつな岩の割れ目に金の鉱脈でも当てたような、そんな一筋の光明を見たのである。チップがどうの、キャピラリーがこうの、と日頃私もよく口にする専門用語や部材名称を織り交ぜよく通る声が一人とうとうと話し、もう一人の漏らす驚嘆の息は、好奇にあらぬ限りを引きずり出すかのようである。「パッドと電極を金糸で繋いで、その張り方にも形状があって……」と演説は一向に止む気配がない。にやける私も『そうそう、そうなんだ。分かるよ〜』狸寝入りの体ながら心で頷いていた。

これからどこかへ出向くのか、或いは誇らしげなその仕事をこなし帰途へつくところか。終始私は目を伏せ前方から響いてくる両者のやり取りを聞いていたが、饒舌な一人もさることながら、うんうんと前へ前へ聞き耳を立てる男にさえ私は自信に満ちた輝きの芽を脳裏に照射したのである。

こんなひょんな場所で同業者に出会うとは、そしてなお且つ、「ほら、忘れ物だよ」と軽い手技で核を持つ丸い物体を投げつけられようとは。こんな出来過ぎた話があるだろうか？　更に、奇跡を思わせる出来事が、この翌日に起こる。

ここで一旦考えを整理したいと思う。今回の件に関し、私はある時点で「お前を事故から救うために、何者かが故意に車のキーを隠したのでは？」という仮説を立てたが、と同時に頭の片隅には、次のような思考も巡らしたのではないかと推測される。それはこの説を立証する上での必然性を謳うものだ。即ち、こう言いたいのだ。キーが探し出せなかったことで、その朝の私の車での出勤断念は成功を見た。なら、もうそれ以上キーを隠しておく必要はないわけだ。直ぐにでも見つかって然りである。いや出てこなければ仮説は成り立たない。ならばきっとどこからか手品のようにポン！と出現するに違いない。私は半ば本気でそう信じ込んでいた節がある。

次の日はきらきらと雪の表面が眩しい晴天の朝であった。ここにも仕掛けがあるのか定かではないが、その日私は運よく休みで五時半に起床すると、軽い朝食を済ませ、早速庭の一斉捜索に掛かった。再度記述するが『隠されたキーは直ぐにでも見付かるに決まっている』――この時点での私には、そんな過信がある。庭は一面の銀世界だが軽やかに雪かきスコップを手にし、さあ来い！　出て来い！　と暢気さに漲《みなぎ》っていた。ところがだ！　この辺りだろう、いや、この辺か、と思い浮かぶ場所を手当たり次第掘り返すが、そうこうして三十分も経つと、変だぞ、と首を傾げ始める。やがて一時間も過ぎる頃には、きっと読者も同じだろう。そんなに出来た話はないよ、これまで起きたはっとさせるような出来事は全てただの偶然だったのだ、という考えにシフトされそうになる。

見渡せばさんざ散らされた雪庭である。ある所は優しく掬われ、また或る箇所は無残に底まで掘り返され芝が剥き出しだ。その情景は、もうどう足掻いても探しようがないという乱しよう。こうなれば腹を括って春の雪解けを待つ以外ないかもしれない。いつしかそんな誘惑に駆られたり、新たに鍵を作る段取りを模索したりと心は下降線を辿る。

全く以て予期せぬ展開に、私は一時休戦を決め込んだ。ここは兎に角落ち着く場面だ、と家へ入りかけると内側からドアが開いた。

「私も手伝うよ」

寒くないのかジャージ姿のまま娘が立っている。この時の私の心情を吐露すれば、『ありがとう。でも、もういいんだ。探し尽くしたんだ。手伝ってあげるという優しさはありがたく受け取っておくよ。でも、君には探し出せない……』

しかし、何の疑いもなく探し出してくれようとする娘を一人、雪の上に放り出すわけにもいくまい。彼女に付き合う形で渋々、私も再度スコップを手にした。そうして五分程も経った頃だろうか。ふと見ると娘は玄関から直ぐのアプローチの一隅に雪掻きスコップを立てている。

『ああ、よりによってそこは私が真っ先に疑い、もう何度も探した箇所だ。ないよ、そんなところには』

そう悲しく目をくれて、つと視線を逸らした時だった。アプローチからコツンというスコップの先に何かが当たる音。すると、「あった！」と娘が絶叫する。まさかそんな、何かの間違いだろう、と振り返ると彼女が手にしているのは紛れもない捜し求めていたあのキーだ。？・？・？　うそ！　どうして？　それは純然たる戸惑いと戦《おのの》きだった。恭《うやうや》しく娘は私の手に贈呈式のように、キーを差し出す。そして私は恐る恐る、手にするキーのロック解除ボタンを人差し指で試すと、即座にブゥァォン！　軽にしてはやけに頼もしい響き。合わせて「了解！」と前後のライトが明滅した。私というオーナーに対するそれは忠実で快活な返答であった。やった！　私たちはこの歓喜の声を素直に発し、しかと手を握り合った。娘の手に振れるなどという行為は何年振りだろう。普段ならきっと起こるはずのこそばゆい感覚も、年頃の娘を持つ父親に戸惑いの如く生じる羞恥心も忘れるほど、今思えば私は興奮していたのだろう。それは彼女も同様だったに違いない。大きく見開かれた瞳は喜びの頂点を示していた。

先にも述べたが、私たちの家は山間部にある。そこは僻地ゆえに想像以上に地価が安く、ついつい敷地を広く持ってしまった。初夏、リビングから見る前庭の芝庭など、少々大袈裟に言えばリゾート気分で眺めることも少なくない。なあに、ここで言いたいのはアプローチだけでも積雪時の雪かきは一仕事なのだということである。今回、そんな場所で一本の車の鍵を探し当てた、その事実をちょっと分析してみよう。

発見したキーの長さ八センチ。雪かきスコップの刃の幅が四十センチ弱、そして刃厚およそ一センチという対比である。そこへもってきて約八十坪の盤面だ。一息に振り下ろされるスコップの刃幅と刃厚が当該の一端に接触する確率は？　と問い、この坪数を考慮すれば、それは極めて低いことは言わずもがな。いやいや数打ちゃ当たるだろう、とお思いだろう。が、しかし彼女の話では雪面にスコップを振ったのは十回もないと言うのだ。

どうだろう、これが偶然かな？「時にはまぐれも現実には起こる世の中だ」。諦め悪くまだそんな声も上がるかもしれない。件の経験者である私はただ、ほう！　まぐれ？　と受け流すのみだが……。聞こえるのだ、声が。必然だ、お前を守るために仕組んだのだ、という言葉が。やがてその言葉は言霊《ことだま》となり、心の中心に滴る、輪になって波紋として広がる。それはまるで折からのこんな光景を眺めるようだ。

そこには二体の天使らしき姿が。私の運命をどう操作しようか、と話し込んでいる様子である。思い切ってあれを使おうか、いや、これも持ち出してみようじゃないか、とそんな相談で夢中らしい。私たち人間は平生、絵画や人形などそのあどけない表情や胸元で小さく弄る手元や、そんな正面からの角度で彼らを眺めることが多いはずだが、この時ばかりはどう力が働いたものか、私は二人の背後に立っている。そして、表情こそ確認できないが、きっと、くすりと笑うのだろう。背に生えた羽がぷるぷると時折小刻みに揺れるのだ。

目を閉じ、ゆっくりと今回起きた一連の事象を紡ぐ過程は、さながらそんな愛らしい後ろ姿を静観する気分である。

グローブ

スポーツ用品店のベースボールコーナーに左手に嵌めたグローブの、その指と指を繋ぐ交差した皮紐を引きちぎらんばかりにガバッと開き、あわや窒息するのではと思えるほど、密着度ＭＡＸに顔面を覆う人物を見かけたら、それはきっと私だ。好きなのだ、あの牛革の匂いが。一瞬にして少年の頃の自分に帰るのである。

香りはほの甘く、その甘さにはあくまで主観だが紳士的な折り目と共に在るダンディズムの奥深さ（書いている自分ですらよく分らない言い回しだが、それくらい魅惑に捉われる香り）を感じるのだ。そんな微香を鼻の穴二本では焦れったく、毛穴を含めた顔中の穴という穴全てで吸い込むと、野球という題材に張り付き、その時々の感情やら情景やらがスルスルと思い出の棒芯に引っ絡まって、ああ……とまた、眼前に坊主頭の小僧たちが駆け寄ってくる。

この通り、都度に驚きをもって感じることだが、匂いとはまことに妙な記憶媒体だ。

装丁のえらく擦り切れた一冊のアルバムに三、四歳くらいだろうか、ボールを手にするモノクロの私がいる。小学生時代はソフトボールを、そして上投げの本格的なベースボールに移ったのは中学である。その後、高校生、社会人となり二十九歳まで続けてきた訳だから、ざっと数えても二十年以上は、この野球というものと関わりを持ったことになる。投球フォームやバットスイングを無意識のうちにやっているよ、と何人かに笑われたこともある。二十年という年月は、何ものかを体に染み込ませるには十分な時間らしい。

昭和中期……、庶民の夏、夜、テレビとくればそれはナイター中継ではなかっただろうか。夕飯時には大方の家で流れていたように思う。今ほど娯楽に幅も無かった時代である。畢竟《ひっきょう》、男の子は野球をするもの、世間の潮流も相まって自ずとそうなる。父VS息子のキャッチボール開始である。グローブとボール一個を携えて、そんな親子はそこかしこに出現したものだ。そこには、あの頃流行っていた野球漫画「巨人の星」の影響も強くある。年代ものゆえ、知らないという方のために記すと、話の内容は概ねこうだ。時代は昭和初期、あるところに長屋暮らしをする三人の親子がいる。構成は父、姉、弟。その父、一徹による、息子、飛雄馬に対する鬼の野球（主にピッチング）指導が主軸である。その陰（本当に電信柱の陰）から弟を思う姉、明子ねえちゃんの存在も大きい。やがて飛雄馬は甲子園出場、そして、ついに栄光の巨人軍に入団する。その折々に出会うライバル、親友ｅｔｃ。涙、感動、また涙。兎に角熱い、の一語に尽きるスポ根アニメである。いやはやその、子に対する指導熱たるや、今なら完全にしつけもどきの体罰と取られ兼ねず、一徹は即、逮捕に違いないのだが、そのくせ父の心の底に流れる情愛が視聴者、読者にはじつに分かり易い。表向き熱血、スパルタ、苦難、苦行のオンパレードだが、見るもの皆知らず知らずに、「血の汗流せ、涙を拭くな♪、行け行け飛雄馬〜♪、どんと行け〜♪」となるのである。

とは言えまさか、そこまでぎゅうぎゅうした闘魂を我々のキャッチボールは醸し出してはいなかったはずだが、或いはもしかすると、「あのオヤジも、一徹気取りか〜？」などと蔑視をくれる人物もいたのかもしれない。しかし、今以て考えても私の中に父から投球術やバッティングのコツやらを教えられた記憶はないのだ（尤も野球の基礎的なところから教えてくれれば、もっとうまくなれたのに、と父に対する恨み節を回顧する時代もあったが）。「よし、来い！」と、ミットを全開に自分は中腰になる。十メートル程離れた位置から私と弟は、ここだ、と示されるその捕球面の一点目掛け力一杯投げ込むだけ。すると、「おっ！　ナイスボール」の弾んだ声や「痛ってえ〜」と顔をしかめ、直ぐさまグローブを外し、左手をブンブン振る仕草が返って来た。懐かしくそう思い起こせば、そのどちらもが少々オーバーに見えるのだが、技術的なことはさておき、あのとき確かに大きく胸を開き、「さあ来い！」と息子たちの全力を受け止めようとした父の存在があったことを思う。現在の私の心の底に微かでも自分を信じ抜くための手立てとなる、ここ一番に効く粒のようなものが散っているのだとしたら、その砂金の原石はあの激する声やオーバーアクションという固い地層のどこかに紛れていたに違いない。

最近では、サッカーやバスケットボールとも肩を並べるように、以前はマイナーと見られていた卓球、バドミントン等の人気スポーツの台頭も著しい。多岐に人々の関心が移る中、依然、「男の子が生まれたらキャッチボールするのが夢」というストパパの言葉も時折テレビやネットで見かける。よもや、と休日などドライブがてら大路から小路まで覗いて見るが、実際ボールを投げ合っている父子を一向に目にしないのは、残念な限り。

自分専用のグローブを初めて買ってもらったのは、もうすぐ中学に上がるという冬のある日。「どうれ、買ってあげるから」、と母が私と弟を駅前のスポーツ店へ誘った。広い店内をあれこれと迷いつつ探しあぐねたことも、うっすらと記憶がある。

　さて、私はその買ってもらったばかりの新品のグローブを数日後、バケツ八分目に張った水の中に放り込むこととなる。え、えっ！　と驚かれる方もいるだろうが、現在でもこの方法を用いる人もいるかと思われる。ざっと手順を述べると、①：先程の水八分目を用意。②：グローブのポケット（捕球部）の、ここぞと思われるポイントにボールを押し当て、その状態のまま紐でグルグル巻きにする。③：②を漬物の如く、①へ沈める。以上、至ってシンプルである。要はグローブにボールが馴染みやすくするための型付けだ。

　だが、ここでの私は、その「型付け」が変質し、「かっこ付け」へと迷走した結果であることを正直に白状せねばなるまい。「僕、ちょっと野球知ってます」的な、格好を付けたかったのである。あの頃の野球少年のトレンドの影響もあったかもしれない。それは同じ野球部のS君が、ある日このグローブの漬物の話をしているのを偶然耳にし、私が心の中で腰を抜かしたことに始まる。革を、水に、どっぷりと浸ける？？　とても正気の沙汰とは思えぬ。しかし、S君はそんな私の動揺にピ、とも動じない。淡々とした口ぶりは、やがてその効用をも滑らかに紡ぎ出す。さながら一席というか、十二分にそこに手の届く圧巻の講釈を聞いているうちに、S＝できる人

（玄人）、私＝駄目なヤツ（素人）の構図が生まれ、私↓グローブ↓水↓ドボン＝玄人、の図式が成立し、水漬けだ！　何が何でも入れるのだ！　という頭に固まったのであった。

グルグル巻きにしたそれをいざ水の中へ、と胸の前に用意すると、さすがに心臓は高鳴った。意を決し両手を広げると、塊は静かに沈んでいった。時折、ブクブクと息を吐く。すっかりそのままの体勢で固まってしまった私は、水中で息絶えたマイグラブに眩暈《めまい》を覚える。仕置きはどれくらいで放免となったか、記憶はあやふやだが、きっとSから仕入れた、あの玄人の条文を私は忠実に守り通したのだと思う。半ば申し訳なかったという気持ちで彼を引き上げると、思った以上にずしりと腕に来る。ザザッーという派手な音と共に、もう、これ以上飲めません、と言わんばかり、穴という穴から大量の水が溢れ出た。途端に何か重大な過ちでも犯してしまったような気分になる。

「後は乾くまで陰干ししてオイルを塗ったら、乾いた布で磨くんだよ」

S君の言葉は常に耳にある。

「塗り過ぎないようにね」

そんな忠告は胸にある。何度か触れさせてもらっていたが、S君の手にするグラブもこれと同様の順路を経て仕上げられたものだ。テカテカとした黒光り。革は鎧の如く硬く、もはや頑迷さすら纏い、動きは掌の真ん中で捕らえたボールをただギュッと包むだけのひたすら堅調な開閉のみ。そして、やはり、ずしりと重い。その玄人の域に到達することだけを一心に願い、体中に油臭が染み込むほど磨きに磨くと、やがて、この私のものも黒く光りだす。当初、違和感の如く捉えていたその重みがいつしか手に馴染む頃には、ヤツに近付いた、という気負いも薄れ、グローブは私の体の一部と化し、ただ無心に球を追うためのツールとしてこの左手にいたと感じる。

中学、高校、社会人と、野球を続けやがて自身、戸惑うほどの体力の衰えを度々感じ出すと自然を装い現役を離れた。十三の春に仕上げた私だけの型を持つあのグローブは、一体いつまで使い続けたんだろう？　意識的に手放した覚えはないのだが、気付くと手元から消えていた。

スポーツメーカーMから、グラブと同じ牛革で作られた財布が発売されていることをある日、某テレビ放映で知ると、いても立ってもいられなくなった。

このところ私は物を買う際、「一生もの」という一語を念頭に置き行動に移すことを良しとしている。良きものを大切に、傷めば補修さえ厭わず長く使用する。これぞ大人の嗜みである。これまで自身の財布に大枚をはたくことなぞなかった私。貰いものや安売りの、とりあえずお札が数枚入り、小銭少々と幾枚かのカードが収容できればそれで良く、貧乏臭く小銭入れをパンパンに膨らませ重たく使っていたのである。グローブで使用する牛革の財布か〜、という思いは、きっと、あの匂いがするに違いないという羨望を通過すると、これは一生ものに違いないという確信に帰着した。長く付き合っていけそうだ、との自信も湧いてくる。一流ブランド品など上を見ればきりが無いが、私にとっては十分高価な一万六千円を気前良く支払い、この「グロ財」を手に入れるのだ。気は急いた。

黒、黄、茶と色は三種類あったが、グローブと言えば私には茶のイメージが強い。迷わずそれを選択した。宅配便で送られてきたその実物を手にすると、インターネットで確認はしていたものの、見た目、思った以上にシンプル。千円、と言われても、ああ、そうですかと納得してしまいそうなほどの簡素さ。だが、いやいやそこがまた飾らなくて良いのだ。そっと鼻を近付ける。ふふっ、と思わず笑う。間違いない。うん！　あの香りだ。そこで、今度は目を閉じて表面をささっと触れる、とここでもまた、ああ、あれだあれだ、とグローブに手を差し入れる際の五指を包み込む何とも言えぬ柔らかい感触が呼び覚まされる。牛に己の頬が吸い付く感じ、と言えばいいか、ピタ、と居場所を見付けるのである。すると唐突にグラウンドの真ん中で突っ立っているようで、だが、これはただの哀愁に止まらず、ある種精力剤めいた活力さえくれるのだ。夢中で嗅いでいると一度、鼻の頭のテカテカを付けてしまい、その斑に付着した点々にショックを受け、そんな自身の愚かさには心底腹が立った。純粋な牛だけで余計な匂いはいらないのである。それ以来、本当に力を必要とするとき以外は嗅がないことにしている。それくらいで丁度いいのかもしれない。慢性は折角の薬も効かなくなる。

今、その良い感じに香る財布は、執筆中のこの机から二メートル程離れたバッグの中にある。さして進まぬ文藻《ぶんそう》の乏しさに、ええい！　とばかり牛の活力を注ぎ込もうと右腕を伸ばしかけた。と、その腕にまるでありありと、そして、その先の甲のそこここに見た大小の丸いシミにギョッとする。こんなのあったっけ？　とはたと思う。ややしばらくして祖父の、父のそこにも同じような跡が……、ああ、そう言えばあったなあと思い出した。いつの間に、と軽くなじり、これだから人生は、と一人かぶりを振る。日の連なりや週の跳躍や、月の色も年の形もじつに呆気なくつつつと過ぎ去っていくことに、生きるとは何と単純なことかと本質を見まがうこと多々。しかし、単調に繰り返すその呼気の中で、瞬時浮かぶ数々の事変に触れると、ついぞ無かった「これは見えない千本ノックか?」などという、人生の裏の顔に思い至る。あるときは左右に、またあるときは前後に激しく揺さぶってきたっけ。いつかなどコロコロといたぶるように、球は私のずううっと手前に転がされ、「……ほら、突っ込め!」——脳の奥で檄が飛んだ。

純粋に白球を追うための、あの水漬けグローブを失うと、どうやら私は第二弾とも言うべき新作、「人生仕様グローブ」の型作りに無意識のうちに取り掛かっていたようだ。またもや変わらず水にひたひたと浸し、重くカチリとしたものを夢見て……。ところがだ! 出来上がってきたものは不器用極まりなく、のっぺりと、ただパカパカ開閉する「凡《ぼん》」にはめっぽう強い代物である。誰もが取れそうな緩い球を、殊のほか慎重に腰を落とし、右手まで添えてキャッチする始末。何の面白味も無く、ギューンと上に向かうことも無い凡の常々。優に二十年はあったはずの貴重なこの人生という道程において、果たして私は何を捕らえたのだろうか。取り損ねてきたものの大きさを回想する日々……、などと悲哀を漂わせていると、

「おい、おい。悪いのは全部僕かい?」

グローブ側にも言い分はあるらしい。

「三十代初めの唐突に向かってきた、あの球、後半のあのライナー、四十代にも痛烈な打球が来たよね。本気で走ったかい？　精一杯手を伸ばしたかい？　本当は分かってるよね？　全部取れていたってこと」

「……」

「凡球しか取りに行かなかったのは君じゃないか」

知命の歩 その〈二〉「五十男家を売る」の巻

あれは昨年の冬のこと。妻の運転する車は仕事先へ向かう途中、雪道でスリップし事故を起こした。早朝五時半頃、辺りはまだ薄らと暗かったらしい。場所は家から約一キロ離れたやや下り気味の直線舗装道路。ただこの時の路面状態は、道全てを覆うほどの雪はなく、逆にそこが油断を招く要因とも言えるのだが、樹木や人家の陰など比較的日の当たらない箇所にアイスバーンの形で点在していた。アスファルトならブレーキも効くが、こんな雪面は要注意だ。不用意に踏めば車体を振る。あっ、とその時凍った路面にいることをついぞ忘れブレーキに足が乗ったのだろう、道路脇の側溝を乗り越え、雪一面の田んぼに横倒しの形で突っ込んだ。大分堪えたに違いない。尤も、同乗していた娘の狼狽の比ではないが。

朝方まで仕事をしていた私が六時過ぎ、帰りのロッカーで何気に携帯を覗き、そこに留守電やらメールやら、不断ならそんな時刻には一件もあるはずのないマークがいくつも示されていることを不審に思いながら、まさに今、その一つを開けようか、とする丁度その時、手の中の電話が鳴った。瞬時、不審が不安へと変わる。娘だ。繋げばのっけから号泣である。

「ははが……、ははは……、ははが……あああ」

（家では娘に、妻のことをははは、私をちち、とそう呼ばせている）

「雪で、……、血が……。あああ」

と全く要領を得ない。あと少しで二十歳になろうというこの娘の尋常でない慌てぶりに、私も少なからず心を乱された。しっかりしろ！　私は男、いやしくも父である。

「落ち着け！」

と、自身にだか、娘に向けてだかへ一喝する。やがて、しゃくりあげながらも雪道で車が横転、その横倒しになった拍子に妻が額を切って血が出ているという意が伝わってきた。通り掛かった車に自分たちの脱出を手助けしてもらい、これから二人救急車で病院へ向かうとも言い、私にも来て欲しいと言う。勿論だ、と返し急行する旨伝える。〝車横転〟〝救急車〟……と何やら嫌な予感。

約二十分後、指定された病院に到着。通り掛った看護師に事情を説明すると、現在妻が治療中であることを告げられた。ナース室の前にポツンと娘の姿を認める。先程まで泣き腫らしたらしい目はそのままだ。無傷だという彼女にとりあえず一安心。少々落ち着きを取り戻した様子の娘に事の成り行きを聞いていると、果たして、妻がおでこの真ん中に一つ絆創膏を張られて診察室から出てきた。私を見付け「ごめん」、小さく舌を出す。

郊外にある我が家は市の中心地に比して明らかに降雪量が多く、それは近隣に暮らす住民の殆どが認めるところである。そこには例えば、A地点から一段、そしてまたB地点でその一段増し、更にC地点に来るともう一段の嵩上げ、といった具合に降雪の層圏とでも言おうか、そんな深まりの目安すら、心得るべき風潮として持たされているのである。しかもあろうことか、そのうちでも我が家は最深層地点に位置していたのだ。

この形振《なり》りかまわぬ雪の到来に、真にそして切実に悩まされていたのは、或いは妻や娘以上にこの私だったかもしれない。

それは、家から約三百メートル先にある魔のエリア。あのY字路の隠語で通る両脇田んぼの一本道で、そこは山から吹き降ろす風の通り道でもある。雪が降り積もり、そこへわずかでも風が吹こうものなら必ずやこんもりと吹き溜まりが出来る。わずかの風、などと今書いてしまったがそれは誤り。ここは吹く風も一クラス違う。ちょっと大袈裟だろう、と訝る方もいそうだが、少々小振りの台風を思い描いて頂ければ、それが実態にぴったりくる。そんなゴーゴー言う風が頻繁に吹き荒れているのがこの土地の特徴である。瞬く間にもっこりと怪しく、厚みを持った吹き溜まりを作る。それはさながら憂いを秘めた雪原のよう。こんなのが一冬に四、五回も来ればさすがにげんなりする。目にする度、『ゲッ!』と思う。ところが、郷に入りてはじゃないが長く住むと、それも年の常々の範疇で、知らずに打開を試みるようにもなるらしい。疾走するフロントガラスに吹き溜まりを確認すると、気持ちのスイッチがオンする。どうだ? 行けるか? と眠気眼も全開する。と、ここは経験値がものを言い目の前で今起きている状況を瞬時に分析(雪の深さに対するバンパーの触れる高さ+車輪の埋没度、且つそこに生じる荷重への対処速度等)し、前進、或いは引き返すべきかを計算するのだ。極めて慎重に判断を下さねばならぬ場面である。であるが、決まってこんな重大な切羽詰った状況に置かれると、つい自身の甘さか、根拠の無い自信が「行ける! 突っ込めぇ~」と猛烈に頭の奥のラッパを鳴らし、結局は後一歩のところで力及ばず、もう後にも先にも動けぬ状態に陥るのだ。そしてああ、今年もまた冬の魔物に捕まってしまったなあ、と悔やむのである。そんな車内で放心状態にある私をもう何度、見兼ねた近隣の方が救い出してくれたことか。その度に、『こんな雪（ゆぎ）じゃ～、軽は無理さなぁ』という顔をされる。

ある時家を建てることを思い立ち、方々土地を探し回った挙句、ふと見付けたここ郊外、土地の値段が驚くほど安かったことでついつい調子に乗り広く購入してしまったことも、後先考えぬ落ち度の一つである。玄関から車庫まで続くアプローチ間の雪かきは想像以上に重労働。どか雪時には日に三、四回スノーシャベルを手にすることもある。そんなどかどかは当然カーポートの屋根にも積もるわけで、そちらの雪下ろしも自ずと必要に迫られる。大雪の日は仕事も休みならいいがそううまくいくはずもない。今頃もしかして屋根が崩れていたりして……等という予感に襲われると、とても仕事など手に付かない。兎に角冬は厳しい我が家なのである。

お次は虫の襲来だ。自然が豊かな証拠だよ、と気休めを言う人もいるが、敵はあの強烈な悪臭を放つ「カメムシ」である。こ奴が際限なくいるのだ。家の外壁が白いから余計に目立つのか、それとも白を標的に奴らは群れる習性でもあるのか、ピーク時には壁一面カメ、いや？　カメ一面壁、ともはや主人はカメなのである。しかもきゃつは隙を見付けては家の中にずかずか侵入を試みる。大きさは平均すると大人の爪ほどだろう。横から見ても、それなりに厚みを持つ体躯である。こんなのがおいそれと入り込める隙間など、見る限りどこにもないはずだが、気付けば室内の白壁にチョコンと佇んでいたりする。思わず、へ？　となる。ペットボトルの口の部分をそおっとお尻の先に近付けると、馬鹿めが、死んだふりでこちらを欺くつもりなのだろう、そのままぽとりと中に落ちる。この作戦で毎年カメ吉と戦っているのだが、一度などわずか数時間で百匹以上捕まえたこともある。さすがにこの時は気が狂いそうになった。捕っても、捕っても、湧いてくるそのおびただしさは、もう、どうにでもやってくれ！　と最後は投げやりだ。真っ黒に出来上がったペットボトルを、チッキショー、カシャカシャ言わせ上下にシェイク。中ではまことと恐ろしいことになっていることを想像しつつ、更にもうワンシェイク。動きを止めて中を見ると、ヨタヨタと仲間の上を進むもの、ピクピク手足を震わすもの、底の方に上からぎゅうぎゅうと乗られ、もうピクリともしないもの……。振り過ぎちゃってごめんな、と一瞬思うが、こちらもへとへとだ。戦場に同情は禁物なのである。こんなハードミッションが毎年、八月から十月の約三カ月間続くのだ。いわんや休日は殆ど家の中でこんな虫取りに奔走するが、やはり仕事の日には、前述した雪同様、どんな惨状たるや蠢く想像に「もう、勝手にしろ～い！」とちゃぶ台の前の星一徹の如く、手当たり次第ひっくり返したくなる。

雑草、これもまた手強い。雑木林、こんもり茂る森、そして、見渡す山々。風致自慢のそんな見晴るかす緑一色ということは、悲しいかなそれらを構成する草木の種子も無限ということになる。芝庭に憧れ、前庭を一面コウライシバに張ってあるが、寄る年波で、その生育に対する好奇も薄れると雑草取りの回数も年々減ってきた。（原発事故が原因で一度芝の張替えがあり、そこで一気に雄心の萎えた経緯もあるが）以前は、雑草の繁殖力と私の除草スピードとの勝負であり、常に勝つつもりで臨んでいたが、最近では草取りを行った数日後に顕著に膝や腰に痛みがくることで、最初から負け戦を強いられているようなものだ。やらねば好き勝手に伸び放題。かと言って、腰を起こしても一時間と持たない。ストレスは溜まる一方なのだ。

近くにスーパーがない、コンビニがない、娯楽施設（立派な自然公園はある）がない、退屈極まりない、と難点を上げればこれまた切りがない（実際は利点、美点も、きっと多くあるのだろうが）。老後は田舎でのんびり、などと都会の退職者を地方へ誘う文句をマスメディアに見るが、私の実感から言って、自然の強靭さに対処出来るのは若い体に尽きる。老いるに連れ利便性重視の考えに移る方が賢明で自然だろう。私たちは住み替えを決意した。

巷では家余りの状態だという。我が国の人口が著しく減少傾向を示す一方、住宅は反比例して過剰気味。固定資産税の重圧、空き家対策、などと陰鬱な話もちらほら耳にする。長年手付かずのまま放置されている家も多いのだそうだ。ここにはひとえに国の住宅政策の見誤りが指摘されて然るべきだが、この問題は都市部に限らず、地方にも広がりつつあると新聞やテレビも警鐘を鳴らす。

そんな次々と飛び込んでくる不穏な情報に『果たしてここはいくらぐらいで売れるものだろうか？』と心が揺れるのも当然で、ある日、私は意を決しランダムに二社不動産屋を選定し電話してみた。

あの～……、自分たちの家の値段を尋ねるなど、初めての体験だけにどう切り出せばいいものか、口の先にもごもご言葉を転がしていると、如何にもという営業的な声音で大まかな所在地と住居の築年数を問われる。ほう、成る程！　そういう具合に進むのか、と三十の歳にこの家を建てたこと、そして現在の五十二歳を告げた。ふと、口にした二つの数の算用で、ああ、もうこの家に二十年以上も暮らしてきたのか、との感慨に包まれる。瞬く間、まさに一瞬間で時を飛び越えてしまったような感覚である。住宅完成の翌年に娘が生まれ、確かに一、二、三歳の甘い記憶があり、五、十……と疾風の如く二十二年が通り過ぎた。全く早いものだ、とそんな想念に浸っていると、「そうですね～」電話の向こうで鈍く反応が木霊する。結果として、両不動産会社共に似たような回答だった。プロの見立てからすると一般的に住宅の経年は二十年が一つの目安で、そこがまず一つ減点対象になり、更に今言った地番では立地的に集客もあまり見込めないだろう、とそんな姑根性の暴露みたいなものを終始上から目線で言われると何かこちらが叱られている気分になる。耳の痛くなる話を隙間なく並べ、バッサリ売ること自体厳しいだろうと切り捨てる、がやがて、こちらの錯乱状態に気付いてか、仮に売れたとしても……とまた言わなきゃいいものを、思わず溜め息の出るような額で私を失望させた。それは購入当時の土地代にも遠く及ばない値であった。

一応は名の通ったメーカーの注文住宅である。二十年分の風雨がさすがに彼方此方傷みを目立たせてはいるが、まだまだ住むには支障ないはずだ。家そのものに私たちはこれまで、いや現在でも何の不満もなく過ごしてきたのである。してみると、大きく値を下げた真因はやはり立地か、とないないづくしのこの場所に再度落胆の色を濃くする。

ならまあ、と一旦売る方は考えず、新たな住処へと頭を切り替えた。幸い、開設してもう十数年になる証券口座に、ある程度まとまった資金はプールしてある。これで何とかなるだろうとの腹積もりである。その日から、インターネット、新聞チラシ、或いは人伝にと家族三人休みが合えば方々の物件を見て回る日々が続いた。

前の家は土地をまず探し求め、そこへ上物、という手順を踏んだが、今回は拘らなくていいね、と三人の意見は一致していた。のんびりと土地を選び、ど~れ建てようかなどというつもりは毛頭ない。何せ、目前に冬を控え私たちには一刻の猶予もないのだ。そのくらい精神的には切羽詰っていたのである。

建売住宅について、これはある一級建築士から聞いた話だが、昨今では昔のような手抜き工事も少ないのだという。雇う大工は大概一人、材料はほぼあらかじめ揃えられた状態で、あとは組み立てるのみといった簡素な構造がここ最近の主流で、敢えて、そこへ少しでも安く抑えようと、新たに加工した別の材料を組み込んだり、一見手抜きと見える別工法を取り入れることは逆に手数も多くなる。決められた材料、流れで組み立てた方が遥かに効率的なのだという。言ってみればわざわざ手を抜く意味がないのだ。そんなアドバイスも色眼鏡なしに物件を多く見ることに一役買った。

大、中規模のマンションから、新築、中古の一軒家、不動産屋も三つ、四つと手を伸ばしていくといろいろと見えてくるものがある。仲介者と買い手はどこまでも雰囲気は和やかだが、じつはその奥でバチバチ火花が散っていること。売り手は売ることを、買い手は買うことを考慮して然るべき。「売ってやる」、「買ってやる」が表出する場面だが、そこは一呼吸、売り手は買い手、買い手は売る側に立場を代え、初めて契約へと進むこと。そして、言うまでもないが、不動産価格とは土地に上物の載った代金であり、それは日々変動する一個の相対評価である。そして最後に、お金を間に置くことで人と人との会話が活発にも闊達にも成り得るという事実。

希望に胸膨らませ物件巡りを始めた我々であったが、ここだ！　という一軒に辿り着くまでに約半年、ようやくといった形でほぼ希望に沿った家を探し当てた。それは白を基調とした洋風一軒家（前の家に通じるところもありそうだ）。歩いてコンビニに買い物へ行ける距離。天気の良い日には虫など気にせず安心して窓を全開にできる環境！　もうこれだけで満足だ。そして何より川が傍にないこと、とこれだけには強く拘った。この市街一帯は過去に何度か水害に襲われており、拭えない記憶がある。終の棲家になるであろうその家だ、未然に選択肢を与えられているなら是が非でも避けて通りたい、これは人情である。新築だが以前と比べればかなりコンパクト。だが、そこもまた良いように思う。手の届く範囲で持つ。これは所有の鉄則だ、と考えも一新である。

契約がまとまると、その一週間後に一時金を納め、そのまた三週間後に銀行で残金を納付する。チャラリと鳴る確かに重いそのキーを受け取ると、新しい生活が始まることを実感した。と、ここまで見るからにとんとん拍子、如何にも順調に事は運んだようにも映るが、難関はこの後である。その意識は常に頭の片隅にあったものの、こと改めてあの家を思うと気が滅入り、はて、どうしたものか？　と溜め息一つ。

新居購入の際、いろいろと世話を焼いてくれたT企画のAさんに、旧宅はどうするつもりなのかと何度か質問されており、買ったよしみでそのまま彼に売却を依頼する手もあったが、それは購入、売却と二つの山を同時に越えるようなもので、とても私の体力が持たなかった。ようやく購入を終えると一区切り心を切り替えたかったのだ。そんな経緯もありAさんへお願いすることは断念したが、それでも嫌な顔一つ見せずこう言ってくれたことは救いである。

「売るにもタイミングがありますから……逃さないように」

長きに亘《わた》り「売る」を商売にしてきた人の貴重なアドバイスだ。

「春ですよ」

とまだ十月なのに、もう桜でも見ているような遠くを探る目で告げる。春だ！　四月だ！　と、私はAさんの言い付けを心の中で、大きく文字に広げてその角をピシッと揃え三つ折にし、ポンポンと胸に仕舞った。

月替わり十一月。「家、売却計画」として、改めて旧家から距離を置き全貌を眺めると、まずは家の中を空にすることだ、すっと順序が整頓される。新居への引越しも、もうあらかた片付き、即ち生活に困らないだけの物はとくと移動したことになるのだが、ここ元家の４ＬＤＫの各部屋は何れも物で溢れかえっている始末。これ程の物たちに囲まれた生活を送ってきたのか、と今更ながら呆れ返るやら、まさに仰天の思いである。

ひと頃「断捨離」という言葉が持て囃された。その思想はヨガに行き着くとされ、断行《だんぎょう》（入ってくる不要なものを断つ）、捨行《しゃぎょう》（家に長くある不要なものを捨てる）、離行《りぎょう》（物に対する執着から離れる）を指す。だが、こうも物を多くしては到底そんな理想論では追い付かず、私は独自に「脱外却」の新語を組み立てた。少々、強引な引き合わせに思うが、敢えて言えば、その発想は年々記録を塗り変える夏の暑さから来ている。もう、この暑さは我慢ならん！　服なんぞ（脱）いじまえ、耳輪、鼻輪、身に付けたものは皆（外）しちまえ、この際、もう何もかも忘れ（忘却）っちまえの三語の集合体。自暴自棄の極致と捉えて頂いて結構だ。四十五リットルゴミ袋をホームセンターより大量に購入し、手当たり次第、開いた口目掛け投げ入れる。瞬く間に袋は嵩が張る。

　物には魂が宿るなどとも言うが、その通りかもしれない。手に取り、ひょいと投げ入れる、その指先を離れる瞬間、明らかにそこに付いていると思われる何か、記憶の残渣のようなものが、その時々に受けたシナプスの電気信号を確かめるように、痛みを伴うある一点を過ぎるのである。大きく膨らんだものを十個も二十個も作っていくと、どうにも責められているようで気持ちも萎《しお》れてくる。しかし、だめだ、だめだと、もう一人の責任感を示す自分が言うのだ。この家が売れなくてもいいのか？　空っぽにするんじゃなかったのか？　そう言われると私は板ばさみだが、現実を直視すればやはりもう鬼になるしかないのだ。ふっと手から離れる際、ああ、あんなこともあったな、そんなこともしたっけ、と湧く感傷を何もかも全て離すまいと抱え込むことは出来ないだろう。抱えても、抱えても、人体の造りなど隙間だらけ、ポトリ零れ落ちる、ドッと溢れ落ちる。心の底に長く止められるものはほんのわずかである。

　それでも一部屋ずつ退治していくと、目に見えるその成果に私は半ば満足し、これで良いんだと吹っ切れもする。休日にちょちょっと来てするこの仕事が、まだ私を旧宅に繋いでいた。新旧の家を行ったり来たりの大わらわ。こんな生活はまっぴらだ、寝と初めこそ思っていたが、片付き出すと悩みの種だったはずの祖家も可愛くなる。寝具は新調しようとそのまま残してきたことで、シングルとダブルベッド一式のその処理には難を極めた。試みに買取りの見積もりを一度依頼してみたが、値は付かず想定通り廃棄処分となる。ちなみに、とその断られた業者に引き取り料は幾らかと尋ねると、これまたべらぼうな額に思い止まる。余分なお金は慎まねばならない。娘と妻に協力してもらい解体し駐車場に保管、後日、軽トラをレンタルし、その他諸々出た別の粗大ごみと合わせ計八回「ごみ処理場」を往復した。日焼けした如何にも人好きのする顔が、その処理施設の受付に待っていたが、「おう、まだ来たない」と愛想良く言われたのは三度目までである。

　ガランと何も無い家に落ち着いたのは、ばたばたと年を跨ぎ寒さの一段と厳しく感じる二月の末。見回す部屋はどれも清々しく少し寂しい。二十二年前、あれも冬だった。こんな状態から始まったんだなという回想が一瞬広がる。床の一隅に傷一つ。くすんだ白壁の一部にひと際白く映える取り残された模様はテレビのそれと直ぐ分かる。穴の開いた網戸、タッセルの取れかかったカーテン。目を移す度、それらに私たち家族の歩調と歩幅が窺い知れる。と、同時にもうここにいてはいけないのだ、そんな何か無の拒絶ともいうべき圧迫に苦しくなる。家も私も照れているわけじゃないけれど、互いに距離を設けるような、そんな素振りが見え始めていた。

部屋のものものが片付けば、後は大掃除である。ことは要の総ざらい。家族三人心を込めてやろう、と当初考えていたが、真っ更となった各々の部屋は中々に広く、想像以上に我々をたじろがせた。自慢じゃないが、この二十二年間、殆ど掃除らしい掃除もしてこなかった私たち。そこここに目立つ汚れは、罰である。

三人はそれぞれ異業種に従事し、ゆえに休日も、そう何日も合うわけも無く、それでも数日は掃除機を配備し、箒を突き立ててみたが、「四月」を念頭に置くと、とても間に合いそうも無く……、と言い訳がましく、無く、無くを並べてみるが、結局は詰まるところ餅は餅屋。受諾のような英断のような格好でプロにお任せすることにした。節約するところと、大いにお金を掛ける場面と、メリハリが必要だ。素人には決して真似できない玄人の技というものもきっとあるに違いない、などと自身を納得させる。依頼先のハウスクリーニングは総勢四人体制で二日間の予定だったが、結局三日半かけて念入りにやってくれたおかげで、ワックスの効いた床も、表裏両面から磨いた数十枚の窓ガラスも、ガスレンジもレンジフードも皆笑っている。どうせこいつは田舎息子だからと半纏かドテラしか宛《あて》がわなかった江藤家だったが、奮発してスーツでもビシッと着せてやったような気分。中々様《さま》になっておる。

こんな風に、相手がその気になってくれると俄然張り切ってしまうのが私である。全室、全てのカーテンを新しく付け替える。破れや色あせ、よれ、浮きの目立つ障子を、四十年以上前に見たうろ覚えの父の手捌きを浮かべ浮かべに、自身で張り替えてみる。望外の出来に大満足。ピンと張った紙に、十歳若返って喜んでいるテレビＣＭの主婦を連想した。「あら、まあ！」

よそ行きの顔をした旧宅は、またも私を優しくいじめた。屋根裏に秘密基地、芝生に寝転んで雲観察、夜、屋根に登り見る満天の星……。どれも今頃になって浮かんでくる後悔の芽である。さりとて、もう少し長く留まれば、この一つでも成し遂げたか、と問われればそれもいささか怪しい。いつでも出来る、容易に届く、とものを軽く見ることはその機会を永遠に逃すことと思い知る。

ともあれ四月、春となった。心した決着にはどうにか間に合ったのであった。次は、仲介を依頼する不動産屋の手筈である。ネットを開き、勘を研ぎ澄ませ、心眼で五社、更にその五社の記事内容に何事か響くかと精査し三社に絞る。その上、電話を掛け受け答えの対応を評価し二社に絞った。後日、それぞれ別の日に現地まで赴いて頂き、感触を確かめる。

先に来てくれたのはＢＬ社。私より遥かに若い男性である。髪型、メガネの趣味、「あ、ちょっとすみません」と会社からの連絡か、スマホをサクサクするその指のしなやかさ、手首のスナップの溌溂さなど、およそ家の娘ほどの若造と見る。ところが、この若造……訝る私の上を易々と超えていった。周辺地域における人口動態やその構成、新旧住宅事情、また、中古住宅売却の際、評価に大きく左右する点等、知識、弁舌で圧倒する。そして何より、私の売りたいという気持ちに向き合おうとするこの青年の真摯さに、迷わず私は合格点を付けた。ＢＦ社の来訪はその二日後であった。こちらは女性。先日の好青年より年齢は少し上だろうが、誰彼と無く文句を付けたがる私である。女の子に分かるのか？　だがここでもそんな下衆の勘繰りは即座に霧散した。いろいろと勉強をしているのだなあ、と話を聞く度感心させられる。双方共に秀でたものを感じ取ると、ならどちらに、とも即座には決め兼ね、差し当たりこの二社に宅の評価見積もりを依頼した。やがて「それではいつ何時」と、これまた先攻しBL社が名乗りを上げる。Sさんのこの積極さが心地いい。二日程後、厚めの何やら調査レポートを携えた彼を新居に迎えた。家屋と土地の評価を、その調査書を見せながら私に話す。最後に、この辺で様子を見てみませんか、と提示した額は、以前別の不動産会社に言われたところの約二倍である。ひとまず、検討します、とその場を締める。翌日、例の賢い彼女がやってきた。これは不動産取引上の定型なのか、BL社と同様の調査書類を抱えている。今回は見慣れぬ男性を引き連れていた。身振り、手振りがまた一層洗練されたなあ、と見えるYさんの隣で大人しく我々の会話を聞いているこの男は……どうやら営業の新人さんかな？　お定まりのように一応彼からも名刺は頂いたが、相変わらず大向こうを唸らせるY女史の話に私はいつしか、このもの静かな人物の存在を忘れていた。彼女の手元にあるお茶が半分程に減った頃、それでは結論です、のように最後に先生が口にしたものは、私の細い目をひと際開眼させた。先日のS氏の提示から一つ桁を変えたその額に、私は思わず「ありがとう」と答えていた。

さあ決断のときである。人柄、見識、意欲は十分買うが、やはり二社間に生じる金額の差は埋められない。S君には申し訳ない気持ちで一杯である。対抗馬の額こそ打ち明けていないが、大方その辺に気持ちが動いた旨を話し頭を下げた。しかし、さす

がは私の見込んだ男だけのことはある。微塵もそんな未練など見せず、

「また何かありましたら、ご相談ください」

私の垂れた首に遠慮がちに両の手を振り、ニコリと笑いを添えてくれる。次こそは（次があればの話だが）きっと頼むからね、そんな思いで車を見送る私である。

御社にお願いします、と連絡を入れると、その四日後、正式な契約が取り交わされることとなった。私がこのBF社に最終決定を下したのは、一番高くあの家を評価してくれたことは勿論だが、必ずしもそればかりではない。Yさんの上にある、あの高遠なオーラ、そんなものが人生初となる私の不動産売買の不安を軽々と吹き飛ばしてくれていたのだ。あの人なら大丈夫、何とかしてくれる、と無限の安心感を与えるのである。と、ところがだ！　勇んで社の門戸を叩くと、いらっしゃいませの出迎えでは良かったが、机を挟んだ私の向かいにはY女史と、もう一人……。どこかで見た顔だな、とああ、この間の新人さんである。今日も研修かい？　と思うや否や、こともあろうに、

「この度、担当させて頂くことになりましたHです、よろしく」

などとしゃあしゃあ言うではないか。頭の中で、あのもののけの木霊がカラカラ鳴るようで、おまけに直前でデートをはぐらかされた「だめんず」にされたようで、そ

んなみすぼらしさに私は只々、下を向いた。あくまでYさんだからお願いしたのだ、と啖呵を切ってもみたいが、それも大人気ない。ちらとHを見上げ不服ながらもお願いします、言葉尻を靄に消すように言い一段深く頭を下げた。

然れども、人は見掛けによらぬものだ。そして、思わぬ進化を見せるものだ。なぜなら、あの時、さすがに凌ぎ切れず内心取り乱したが、今では担当者がこのHさんじゃなかったら果たしてどうなっていただろうか、などとも真剣に考えているのだから。

つい最近まで測量をしていたというHさんの武器は、天然の情熱というところか。初対面で受けた黙々とした印象は、打ち合わせの回数を重ねていく度に薄れ、一皮、また一皮と脱皮を重ねるが如く、精気の息吹が見え出した。無口で無愛想、そんな陰部も自転すれば日差しを受けるのだ。陽々とスイッチが切り替わっていくのを彼自身も感じていたのではないだろうか。私との距離が縮まるにつれ、進化の彼はめきめきとその光度を増していった。

ダブルのスーツに身を包んだあの家が、中古住宅情報としてネットに掲載されて約一カ月半後、「一組のお客様が見えました」と明るくHさん。「大分気に入っているようです」と白い羽根さえ付け、今か、今かと首を長くしていた私を喜ばせた。さも、向こうから近付き勝手に好きになったような風を言うが、その好きにさせた大きな要因の一つに温和で実直な彼自身の人柄があることを私は疑わない。

　ここ一番のところで書類をぶちまけたり、左右ちぐはぐな靴下に、「いや〜」とはにかんだり、夏はビールがやめられません、と見る見るブクブクと太ってみせたり……。そんな隙だらけの身構えに人は強力な引力を意識する。

　その後も続々届く、もう一組……、もう一組……の興奮した進化君の口ぶりは私をどれほどほっとさせただろう。旧家には悪いが、正直言えば、全く良いところ無しの駄目息子の結婚相手を探してもらうようなつもりで依頼した、今回の仲介である。次から次へと引く手数多の状況に嬉しさと誇らしさ、そして、そんな息子を殊更見下してきたことへの懺悔で私は一杯になった。

「皆さん、一様にあの家を見て、可愛いって言うんですよ」

　電話の向こうで進化君が笑う。可愛い……のか？　さてはアイドルだな。私の鼻はどこまでも高くなる。

　ネット開示から約二カ月での超スピード婚を結ぶこととなったのは、二十代前半夫婦のSさん家族。売買契約を交わすに当たり、初の顔合わせに一家五人総出で訪れた。ご主人と共に赤ちゃんを抱っこした奥さんが私の真向かいの席に着く。上の二人の女の子たちはキッズルームで遊んでいる。自然意思には抗わぬつもりか、以前にも増して貫禄を目立たせたHさんのぎこちないが温かい進行に次第に場も和む。

　奥さんは終始にこやか。話好きらしい。自身に振られると目を輝かせ、積極的に口を開く。成る程、この間Hさんが言っていた「奥さんが乗り気で」が、よく分かる。隣でさっきからその奥さんに言われるまま印鑑を押したり、名前や住所を書いたり、Hさん曰く「一見怖そうだがいい人」の旦那さんは終始無言。この時点で私の抱いた彼の印象は、まだ「怖そう」に大きく分があったが、次の瞬間放った一言で強く正しい方角へ矯正されることとなる。それは、

「……あの……熊は出ますか？」

　このすっ頓狂な質問だ。だが、直ぐにピンと来た。口下手だが、これが彼独特の気の使い方であり、優しさであり、秘めたユーモアセンスである、と。私の前頭葉に「いい人！」が窺えた。そこでまたまた場は温もる。和気を汲みつつも、少々意地悪く毒気を含ませ、熊は出ないがイノシシは出る旨を私が言うと、「イノシシは大丈夫

です」と奥さん何とも逞しい。そんな自然一杯の環境が気に入ったのだとも言う。隣のキッズルームからはみ出す賑やかな二人の子の声に何やらもう、家族が見え、あの家で暮らす様子さえありありと窺えた。

二週空け、最終手続きが銀行の一室で行われた際、こちらは私と妻、Sさん側はご主人が一人で見えた。上の娘さんが体調を崩し入院したとか。奥さんの駆けずり回っている様子が目に浮かぶ。目の前のこの人も、さぞかし心配だろう。でも彼はいざとなれば熊にきっとなって向かって行ける人だ。印を押す手が、あの家で家族を守る覚悟を語っていた。

人も家も縁が取り持つというが、そこには燻ぶった因の根が垣間見える。あの家を間に私とSさんが行き交い、Hさんを介しあの箱が今、Sさん一家を乗せている。そして、それは彼らには新たな出立であり、私には秘した思い出の継承委託でもある。二十二年間私たち家族が過ごしてきたあの家を、Sさんが今後どう住み慣らし、どうリフォームするか知れないが、我々の娘があの宝箱で生まれ育ち、成人を叶えたという確固たる土台が揺るがずに、あの場所にあってくれること、それは娘にとっても親である私たちにとっても心の拠りどころとなるに違いなく、嬉しくありがたい限りである。

……とは言いつつも人は勝手なもので、正直あまりに早く手元を離れてしまったことに呆気なさを覚え、馬鹿な！　惜しい気もしている私がここにいる。もうちょっと傍に置いておきたかったなあ、などとも考える。売れずに残れば目の上の瘤だが、売れた今では泡なのである。税金は気になるが別荘として持つのも悪くない。さりとて、置けば置いたでいつまで居るのだ、と冷たくあしらう自分も大いに有り得る。五十男の心境は彼方此方うろうろと複雑だ。

「五十男家を売る」――このタイトルは、もう何年も前に放映された嵐、二宮氏主演の「フリーター家を買う」のパロディーである。一般人、一個人の一経験に何か形を見せぬものか、そんな闇に糸を引く頼りない出帆であったが、思いの外、幅を持ったドラマ展開を見せる結果となった。ここには、ひとえに魅力溢れる俳優陣に恵まれたお陰であるとの謝意を感じずにはおけない。

また、最後に、家を買ったり、売ったりといえば、それは人生の大きな転機、家族の運命をも左右する事態、そう見るとこの文面に伴侶である妻の出演回数が異常に少ないことにお気付きになろうかと思う。要所、要所には必ず出番を用意したが、今回私の我儘で、この中年男が自力でどこまで行けるものかと、そんな下らぬ挑戦に妻を付き合わせてしまった次第である。私自身には極めて貴重な経験となったが、彼女にはいらぬ心配を大いに掛けてしまったこと、この場で詫びたい。

しかし、こうも思うのだ。こんな所にこそ五十男の未だ燃え尽きぬ情材の横に割れば圧し積まれた年輪が、縦に裂けばそこに艶を帯びた生節が覗きやしないか、と。

金言はスネークウッド大曲（歩速調整機能付き）

「♪よー、そこの若いの～♪　俺の言うことをきいてくれ～♪」

（タイトル：よー、そこの若いの　by竹原ピストル　二〇一五年作）

一見、その風貌は危ない人を思わせる、かのピストル氏。名前が既に危険だが、なあに歌いだせば真剣そのもの、真面目な人柄が滲み出る。熱が高じて顔面左半分を傾斜させるのが特徴である。彼がこの曲を書いたのは四十四歳のとき。私はあまり邦楽を好まないが、この人物は別格である。何せ詩が良い。メロディーも刺さる、そして、味のある声にピストルよろしく撃たれるのだ。そんな三拍子揃った旋律を耳で辿っていくと今の若者たちに何やら至言を言いたいらしい。それは次の言葉である。

①　君だけの花の咲かせ方で、君だけの花を咲かせたらいい。

②　君だけの汗のかき方で、君だけの汗をかいたらいい。そして、

④　俺を含め、誰の言うことも聞くなよ

俺の言うことを聞いてくれ〜、と熱唱しつつ、俺の言うことも聞くな！　とは彼なりのワーディング。矛盾にも聞こえるが、それは葛藤からくる寂寥の声だ。自分だけを信じろ、というメッセージだ。発表から五年を経た二〇二〇年の現在でも、この曲はテレビCMの挿入歌として採用されている。そのことからもこの楽曲における長く色褪せぬオリジナリティとインパクトの強さは証明済みと言えよう。

確か、某生命保険のCMだったと思うが、その「♪よーそこの若けえの〜♪……」が画像の切り替わりと共に勢いよく流れると私は、あっ！　きっとまた口を曲げているな？　建設現場から直でやって参りました、みたいに白タオルもきっと頭に巻いてるだろうな？　などという考えと一緒に竹原さんが語る、その四十四年の人生がもたらした言葉を意識すると、私にもこの五十三年で育ててきた思いらしきものがあるように感じられ、ポトリと何か産み落としたくなる。

そこで、あれもこれもと上げたいのは山々だが、中年男の長話など退屈だろう。竹原氏の唱える「♪聞いてくれ〜」に私は、どうか効いてくれ！　の思いを込めて次の二点に絞ってみた。

①十年経時倍加論……時間の経つのは本当に早いもの。それはまるで十年ごとに倍のスピードにもなるような錯覚を抱かせる。

②開口学事後祭説……ああ、勉強しておけばよかった、とは皆、口を揃えて言うセリフ。若くない今の自分を思うと、もう後の祭りだが、やはり無念である。

四十代で君だけの花を！　と叫ぶピストル氏。五十で時間やら勉学やらとうるさく言い出す私。こんな風に人は後に続く人間たちの進む道々に小さく碑的なものを建てたがる生き物らしい。五万とあるそんな碑の中には私の「時と勉」など、もう既に多くの先達が似たようなことを言い残してきたことは承知の上だ。ただ、私はそこに更に自身の後悔を素直に認めて、本当なんだよ！　と口酸っぱく言いたいのだ。①、②について私なりの考察を次に述べる。一人の大人の失敗例として目を通して欲しい。

①十年経時倍加論

十代、二十代の頃には、私も職場の先輩や上司などから「歳を取るのは、あっという間」という、決まり文句のような言葉を毎日のように聞かせられたものである。だが、その当時はどういう訳か自分だけはひょっとしたら年を取らないのではないか、有り得ぬとは思いつつも、ずっとこのままなのではないだろうかといった疑念すら抱く不思議な感覚がどこかにあり、まさか自身が四十、五十歳になり、そんな世間からおっさん呼ばわりされるはずもなく、まあ、百歩譲って仮になったにしても、それは遥か彼方の出来事で、気の遠くなるような時間を経た後のこと、およそ今の自分には関係の無い話として聞いていたのだ。しみじみと首など縦に振るも、全く先輩方の心境に届いてはいないのである。そんなある種ヒーローのような自負がいつしか崩れ出し、これまでにない違和感を覚えるのが三十代。すると四十で、はてと時の速さに気付きだし、五十代には「しまった！」と、時遅し濁流に飲み込まれたが如く感じている。すると私より更に上の年代の方は、どれ程の時空を生きているのか、と思わずにはいられない。

誰しもが与えられている時間配分は平等だ。いつの時代もやはり一時間は六十分であり、一日は千四百四十分。正確無比な速度とリズムで現在が過去になるだけだ。片時も変わらぬ単調な時の流れに早いとか遅いとか、そんな長短の声が上がるのはなぜだろう。心拍数に関係が？　経験による刺激の多少に関連か？　また、時間の心理的長さは年齢に反比例するという「ジャネーの法則」という説もあるが、私は単に時を捉える感覚とは、その人の現在地における生の希少価値を例えるのだろうと思う。自分はあとどれくらい生きていられるか。その残された時間を意識するからだ。

しかし、やはりどう言葉を並べても、この時の経過の一途さは伝わるまい。「あっという間なんだから。本当なんだから……」とまるで負け惜しみの如く言えば言うほど、こちらが惨めったらしく思えてくる。良きにつけ悪しきにつけ、多くは一瞬の戯言だ。生活の時々に引っかかりを覚えるものには重く心を置くべきかもしれない。

②開口学事後祭説

この説には興醒めだろう。「勉強しなさい！」を連呼する親の顔が浮かんだかも分からぬ。だが、これも紛れもない真実なのだ。大人になっていくほどにその思いも強まる。学歴社会という語はどこか俗っぽく、競争社会を誘引し結託してやまないが、やがてそれは当然の成り行きかの如く、多くの活動の場で、さしずめ上層の一点に蝟集する。競争もよい色味ではないと思うが、現実社会は、やはり比較優劣の世界。優しく戦い、甘く破れたり、苦く誉れを手にする世の中なのである。そんな世知辛い空間に投げ出されれば学歴は鎧、知識は隆々たる筋骨の如し戦闘アイテム、知恵は一歩を決する勇気となる。襟の伸びきったTシャツ姿、右往左往する痩せぎすの丸腰男がいざ戦場で、どう戦えというのか？

もう一歩考えを進めると、やはり勉学も自ら進んで取り組まねば意味が無い。自ら進んで、にまで意識が及ぶには如何にもつまらなそうに映る勉強という敵に集中し、自分なりの面白み（視点）を見出さねばならぬ。それには断然、幼いときからの習慣的読書が有効である。目の前の文字に音を感じたり、匂いを嗅いだり、景色を描き、思いを寄せたり路傍で眺めたり、そんなことは頁の中に入り込まなくては出来ない作業だ。集中力、読解力、頭の中で脳みそのひだを伸ばしたり縮めたり、世界を広げる癖が自然と身に付く。

つくづく思うのだ。小さい時分から本が好きで好きで、という人のその頭の回転の小気味良い滑らかさを、切り替えの巧みさを、アイディアの奇抜さを。それに引き換え、私のこのカチコチ頭ときたら……回そうとすればギシギシ言いながら且つひどくスローモーだし、つっかえつっかえだし、あ〜！　も〜！　と、この頭かち割ってスコップで底から掬ってポイしたくなる。今でこそ読書の面白みに目覚めた私だが、この本の持つ底力に幼少時から触れていれば、必ずや違った今があるのに、とそれは確信の如く感じるのである。

娘にももっと読書を薦めるべきであった。彼女は何も気にする風ではないが、ホログラフィーで娘の横に、読書によって利発に進化したもう一人の彼女を置き、さあどうする？　と未来への選択を迫れば、ちと御澄ましのメガネっ子も選びかねない。

今の世、勉強などしなくてもちゃーんと生きては行けるように出来ている。それなりに小さな幸せも持てる。しかし、だ。学びに決して損はない、と今の私は言い切れる。勉強とは考察に用いる言わば（基本）足腰だ。鍛えておけば広く応用が利く。兎に角、歳を取るごとに勉強には底が無く、幅も広大過ぎてやってもやっても追いつかない、そこに気付く。自身の無知に愕然とする。畢竟《ひっきょう》、もっと勉強しておけばよかった、は止めどない人間本来の欲求なのだ。

　ところで、イカやタコ。噛めば噛むほど味の出る、寿司ねたとしても人気の彼らだが、そのどちらもが高い知能を有していることは広く知られている。研究者の中にはイカは人間で言うと六歳、タコは三歳程度などと述べる人もいる。あの体の大きさにそぐわぬ大きな目でじっと対象物を観察し、真似事をすることも、加えて、鏡に映る姿を「自身」、と認識している素振りすらどうも見せるというじゃないか。そこまでの頭脳を思えば、いささかでも感情に似た働きをする部位があってもおかしくはない。最も原始的なそれは恐怖というから、ひょっとすると人間などという珍妙な生き物に捕らえられ、今、まさに身を引き裂かれるその時、声帯はないが体のどこかで悲痛な叫びを発するのかもしれない。或いはこの情に飲まれ、これまでにないくらいの開眼を見せるのかもしれない。頭と足がばらばらになった仲間を見たときのショック、次は自分か？　と知ったときの恐怖は想像を絶する。

「通常、一年程といわれるイカの寿命が二十年や三十年あれば、海底に都市を築くことは可能か」、などというネットの書き込みを眺めながら、果たしてそれはどうかな？　と考える。一年で六歳。そこから順当に歳を重ね大人になると仮定すれば、三十年で働き盛りの中年戦士、如何にも脂の乗り切った、と言いたいところだが……。また、こんな推量を語る科学者もいる。今から二億年後の人間がいなくなった地球は、きっとイカが征服しているだろう。イカを模した火星人やエイリアン等、あれはれっきとした科学に基づく発想から来るもののようだ。

しかし、彼らと我々人間との明らかな違いはデータ保存技術にある。如何にタコが三歳児だろうと、イカが六歳の年長さんだろうと、生まれてくる子ダコ、孫イカのために自身の経験を通して得た知識を言い置くなどという、「赤いバラには刺《とげ》がある」や「良薬口に苦し」の看板を立てられはしまい。これぞまさに文化。昨夜の献立すら思い出せない私が、例えば、古《いにしえ》に読まれた紫式部の心を、その二百年後に存在する自身が感じているなどという技を難なくこなしている現実は、よくよく考えてみるとそれは恐るべき革新であることに気付くのだ。こんな高等な術を例え二億年後だろうと、彼らにはイカがなものか怪しい。

「文化」を辞書で引くと、①文徳で民を教化すること。②世の中が開けて生活が便利になること。③人間が自然に手を加えて……と（広辞苑第七版）、とある……。やたら長ったらしく、わざわざ難しげだが、ポン、と一口に言えば「伝承」だろう。全く存ぜぬ紫さんが、今ひょっこりここにいるような感覚にさせる、そんな離れ業である。見る、聴く、嗅ぐ、味わう、触れる、この五感が記憶の元になるが、その保存媒体も多く人は文化の名のもとに作り出した。絵画→写真→電子画像。音符→レコード盤→CD……。残る嗅覚、味覚、触覚の三つについては、個人の感覚的な要素も多いことから、素人の私にこれといった情報伝達手段は浮かばないが、現代ならきっと成分分析の技術を使って温存は可能かと思われる。今年、「5G」などと益々記憶速度、精度も向上する昨今、よりリアルに臨場感すら保てるはずである。

だが、どうだろう？　そんなデジタルに頼らなくても、と私は大いに思うのである。それは言葉。これにはある種、他の記憶媒体を圧倒する力すら感じるのだ。並べ方、組み立て方の工夫で視覚、聴覚を巧みに表現し、その上でそれら受動感覚をランダムに放出させることで、まるで脳でも何でもない別の臓器に記憶させるというか、朧の如く滲ませるというか、ふわりと新鮮、それでいて懐かしく包み込む。そんな軽快な包容力も言葉にはある。得てして記憶プラスαの世界へ連れて行く働きが、この文字にあることを遠い昔から人は本能で感じていたに違いない。

そんなところから推して私はざっくりとした文化の捉え方としては前述した通りだろうが、更にその真の語源にまで踏み込めば、文＝言葉、化＝化す。つまりは言葉に化す（変換す）に行き着くのではないか、と考える。

まあ、文明開化だ、ルネッサンスだ、と騒ぎたて、時折、人類に何やら新しい風らしきものが吹くようだが何のことはない。如何に与えられた生を謳歌するか、に突き当たる。百年足らずの人生だ。美しい絵画、琴線に触れる音楽、大きな箱が人間を乗せて勝手に走ったり、空を飛んでみたり……。ええじゃないか、豊かな人生、まことにええじゃないか、言葉はそんな快楽の狭間を縫合する。


人生を山登りに例えることは多い。そこへ行くと私なんぞ山とも言えぬ、ちょいと小高い丘のようなところを、あっさりハイキング程度に来てしまった感があるが、おかげで波乱もなければ、特段高揚もなしの一路安全地帯。最初で最後の人生でこの平坦さは寂しくないといえば嘘になるが、これも一つのルートかもしれぬ。

「津波てんでんこ」――それは三陸地方一帯に伝わる津波から身を守るための教訓だ。岩手県宮古市の山中にはここまで津波は来る、と一枚の碑が訴える。そんなありがたいものは海といわず山といわず、見ようとさえすれば至る所にその痕跡を見付けることができる。座右の銘などと称し、ちょこんと脇に携えるに止まらず、ずっくと引き抜いて、いっそステッキ（正式名トレッキングポール）にでもすればどうか？　どんな険しい山道もずんずん歩くのに役立つ。自身の心にぴたりくる金言（銘木スネークウッド大曲《おおまがり》）に巡り会えればこんな心強い味方は無い。

さて、最後にもう百遍言う。時間など、あってないようなものであ……「キャハハハ」と突然階下から娘の笑い声が遮った。きっとまた、お笑い番組に違いない。抜けの良い、屈託のないあのまるでフリスビーを放るような声が私は大好きである。あれこそが若さの象徴だ、とも感じる。と？　すると殆ど今、目の前を楽しんでいる娘に、とうとうと説教のような窮屈さを植え付けることは、その若さの輝きを半減させることにはなるまいか。それは勿体ないなあ、と天秤の均衡を図る私がいる。

今時のうまぞりについて考える

黄色バスに送迎される私の二年間の幼稚園生活はうめ組だった。集団登校でぞろぞろ通う、あの小学校六年の間にはクラス替えが三、四回行われたように記憶している。その後、中学、高校とまた別の人間たちとの集団生活。クラブ活動や部活といった、共通の目標を掲げる者同士、そんな関わりも体験してきた。大学に行っていれば、ここでも更に違った人間関係を築いていたに違いない。家に帰れば諸々の地域活動もあり、趣味でやっていたバンド活動では、何度かメンバーチェンジがあった。生業と意を固め、三十数年間汗を流している現在の職場では、これまで転属が二度ある。

こうして振り返って見ると、ざっとこの五十年余りで二十程の団体生活に身を置いてきた訳だが、果たして、その集団の中における良好な人との付き合い方を会得したかと問われれば、そこは甚だ怪しい。ただ唯一、カオスの働きが、ある一つの流れを作り出すという事実は捉えたつもりである。凸と凹、或いは、物質と反物質の関係性が互いを相殺し、歪みを軽減させ、さあ手を取ろう、環になろうと組織、及び集合体が自転し出す見えない力の存在、言わば「環境移行の法則」である。

一方で目に見える形での法則というものも確かに存在する。それは「ドラキャラ」だ。アニメ「ドラえもん」に登場する人物たちのそれぞれに表現される人間性の差異は、環のバランスを巧みに調整する働きがありそうだ。必ずと言っても過言ではないくらい、どの環の中にもそれぞれ該当者が出現する。さては、自分はその当時どう見られていたのかと少々不安にもなるが、のび太君にしろ、しずかちゃんにしろ、考えると幾つもの顔が浮かぶ。スネ夫は会社でよく見掛ける。

ところで今の時代、さすがにあの剛田武（ジャイアン）はいないだろう、とお思いだろう。しかし、希少だが……いないことも無いのだ。

私が二度目の転属でそこへ行くと早々に、ある男（E）の噂を耳にした。その男は職場で一番のキャリアを持ちプライドが高く、標的を見付ければ執拗に攻めまくるという。だが、真に私を怯ませたのは、そのEが六人か七人兄弟の末っ子だということである。こいつは厄介だぞと、小さく舌打ちをした。どれ程甘やかされて育ったものか。私とは親子ほども歳の離れているこの若造に舐められてなるものか、との思いが奥歯を食いしばらせる。

案の定、Eは宣戦布告とばかり事あるごとに細々《こまごま》と私に注意を浴びせてくる。しかも、それは間接的に陰湿にだ（現代のジャイアン像はこうなのかもしれぬ）。その日、私は、「俺が犯したことに対する注意なら何でも聞く。だが、言うなら直接言え！」と、半ば怒号に近いものを年甲斐も無くEの頭上に吐いた。と、素直に受け止めるはずもなく、「はい、すみませんでした」と顔を斜にされ、ひとまずその場は済んだが、時の経過と共にこのままではまずい！　強硬に出てはみたもののどこか引け目を感じるのである。

別の日、私は、「君とは張り合うつもりはない」と和睦を試みる。「お互い腹を割ってうまくやっていこうじゃないか」と、柔に出る。すると、Eも馬鹿ではない。どう対処するのが得策か。私のこの提案にそっと身を預けてきた。どちらが凸で、どちらが凹か分からぬが、こうして今のところ一時休戦協定を結び、しばしの平穏を築いている。やれやれ落着……。と、思いきや、またしても一人……。そう簡単に事が運ばないところが現実だ。またまた、年齢差は親子である。数カ月遅れてやって来たこ奴

（T）とは、元々割と気が合い、冗談なども口にする仲であった。ところが今、私はこの男と対立している。対立などと言うと、何やら仕事上の揉め事か、内部抗争か？と、かっこ良く聞こえそうだが……。仕方ない。この際恥を忍んで告白しよう。小さな自分を白状しよう。

ある日のことである。これまでは私が先に退社するのが通例だったが、その日Tは頭痛がひどく早退するらしい、とH君が私に教えてくれた。直ぐさま私はTに駆け寄り二、三同情的な会話を交わす。やがてそそくさとヤツは帰り支度を始めた。「気を付けて帰れよ、無理するな」と気遣いの言葉を私は懐に忍ばせ、その訪れを待った。ところがである。お、来たな、と視界の隅にTを招き入れると、何とあらぬことか、このほんの二メートル先にいる私を、まるで透過、あからさまに透かすように一言のあいさつもなくささささっと横を去って行ったのだ。こ、この野郎！　と途端に気持ちは煮え滾《たぎ》る。これがいつものTの退社方法なのかもしれぬ。しかしだ、私が十分心配していることは先程の会話で承知のはず。それをこともあろうに……。普段から口数の少ないT。世間話で間隔を縮めようとするのは私の役目である。口を開きたくなければそれでもいい。だがせめて俺の目を見、九十度とは言わぬ、せめて五、六度程度の頭の傾斜角度を示してくれてもいいではないか。

憎っくきこのT、どういう訳か朝のあいさつだけはする性質らしく、不器用に笑顔など作り、皆に立ち回るのが常である。翌日から早速私は、この愛想笑いを無視にかかった。何もそんな小さなことで、と言う方もいるだろう。そんなちっぽけなプライドしか持てない私である。この冷たい仕返しに、「ん？　江藤のおっさん何かいつもと違うな」くらいにはさすがのTも感じていただろうが、ついに四日目にははっきり自分が無視されていることを自覚したようで、とうとう私を避けるようになった。みみっちいなあとも思うのだ、こんな自身を。明日こそは、明るく「おはよう」を言ってやろう、とも。だが、もう一人の自分が囁くのである。そんなカスみたいなプライドしか握っていられないんだろう。失ったら終わりだぞ、と寂しげに。

「うま」には多く「合う」が来るそうで、「そり」には「合わない」と付くのが一般的な使い方だそうだ。ところがどうだ、おかしなことに私の今のこの位置は「そり」が合い、「うま」が合わぬ状態である。

ちょっと見、難儀に映るそり問題も取り組んでみれば、以外に簡単なことなのかもしれない。刃区《はまち》から切っ先における反り具合は百人百様。鞘に収めようなどとは、端から考えぬことである。そして、刃先のほんの一端を合わせるべく、己の諸刃をそっと反らせばよろしい。片や「うま」だが、私は今回の件で、どうもこちらの方が実際のところ、面倒なのではないかと思い始めている。それまで心を許していただけに、その喪失感、失望感は実数値を遥か超える。裏切りとも受け止め怨情すら抱きかねない。動物は皆元々は野生である。甘く見ると怪我をする。

昔から「乗ってみよ、添うてみよ」と言うが、現代はそう容易く乗り添いするものではないと私は考える。乗るには乗るで相応の洗心が、添うには思いのちょっとした工夫が何よりまずは必要なのである。

私はまだしばらく、Tに折れそうにない。いや……折れられそうにない。

まだまだ……いいやまだまだ……、あくまで厳しくのつもりでいたはずだが、そんな辛抱も中々辛いのである。つい先日、根負けの形で「おはよう」と、あくまでさりげなく言うと、Tは一瞬、「え?」といった顔を見せたが、直ぐに笑顔になりあいさつを交わしてくれた。「さすが先輩!」とでも感じたか、ああ、もう分かってくれたな、私はそう確信した。今日の帰りはコンビニのビッグフランクでもガブリっといってみようか、そんな気分であった。

ついこの間まで「そんなカスみたいなプライド、失くしたら終わりだぞ」と己を罵っていた影の私が、今では「そこがお前のいいところだ！」などとすっかり賞賛に転じている。この一貫性のないところが、悲しいかなもう一人の私。正直、付き合いに手こずっているというのが本音である。

さてその日は、中々に仕事が手間取り、いつもより三十分程退社が遅くなった。あれ？　Tは？　そうH君に尋ねると、「帰った、と、思い、ますよ。」……。……。あ！（憤）の！（怒）ヤ！（憤）ロー！（怒）、また、黙って……。奴と俺とでは住む世界が違うのだ。拳を固めそう息巻く。

だめだこりゃ！　下唇をぐっぐと突き出す。

禿げ談義〈一〉

（時）蒸し蒸しと間延びした夏も過ぎ、気紛れに時折ひゅっと冷たい風の立つ十月下旬
（場所）我が社の一角にある休憩室にて
（登場人物）私……五十代　男
M……四十代　男
O……三十代　男

十五時二十分、多くが一時仕事から解放され、やれ一息、とここへ集う。丁度今いた三人も、そのいつもの顔触れである。

話題といえば決まって会社への批判か、仕事の愚痴、或いは上司に対する不満など、その辺りから徐々に漕ぎ出し、次第にエンジンが掛かると最後は何か馬鹿笑いす

るような小ネタで締まるのが常だが、今日はどういう弾みか思わぬ方角へ話が逸れた。では、その全貌をノンフィクションでお届けしよう。

（M）「いや〜、家《うち》の嫁さんに言われまして……」
（私）「……え！　奥さんに何を？」
（M）「これでしょ？」

Mは自身の頭部を指し示してそう言う。

先程から私は真正面の席でグチグチ伸び縮みするMの口唇などそっちのけで、そのずっと上方につやっと光る丸い物体に無意識に引き付けられていたようである。

「スキンヘッド」——世間ではそう呼ぶらしい。都会でならまだしも、こんな田舎でそんな恐れ多いものをこうも間近で見せ付けられていることに、私は少なからず動揺していたのだ。

「当人だけにはこの激情は悟られまい」——そう固く心に言い聞かせたのは言うまでもない。だがやはり正直すぎる私の視線が、どうもちらっちら上へ、上へと逸れ勝ちなことに、何ともM、責められてでもいる気がするのか、ついに自分から口を割った形である。問わず語りの一シーン、と言いたいところだが、しっかり私の目が質疑していたことになる。

（Ｍ）「スッキリしちゃえばって言うから、思い切って……」

（私）「あ、ああ、頭ね」

一口、珈琲を啜る。

いや、じつは私も前々から気付いてはいたのだ。Ｍのその後頭部にやけに広がる開拓地。日増しに下草さえ、まるで除草剤でも散布したかのように産毛《うぶ》の「う」もない寂寞。さてはハゲが意識を持ち始めたか？　そのある意味進化するＭに、私は何度か冗談めかしてこう口を滑らせたことがある。

「やばいね。アウト、アウト！」

そんな言葉を笑いながら吐くと、私は、「いけね！」あたふた道の変更を模索し始め、天気だの、スポーツだの、時事ものだのに、その後を無理やり継がせ、やっぱり他人の私が言うのもなあ、と辛くも留まったことにほっと胸を撫で下ろすのである。とうとう奥さん、言ってくれたのか。パートナーとはいえ、そこはさぞかし〇〇〇〇であったろう。あっぱれ。

（私）「自分でやるのかい？」
バリカンを持つ手を真似る。
（M）「いえ……」
と、何やら手付きが違う。
（M）「風呂場でカミソリを使って」
さも今そこで剃っている真っ只中のように、つるっと縦一、横一を引いて見せる。
（M）「江藤さんも自分でやるんでしょ？」
確かに、私も自分でやっている。ただし、私はバリカンを三ミリにセットし、バアッと、こうだ。「三ミリでね」と、あくまでそこを強調し頷いて見せる。
（M）「O！　お前もやれよ、床屋代浮くぞ」
Mの横にひっそり鎮座するO君に全くその必要はない、と私は見る。フサフサ、ツヤツヤ毛質上等。三十代ともなれば、その前兆というものは何かしらあるものだ、そ

うい う目で見ても○君のそこには禿げの要素は微塵も感じられない。末はロマンスグレーのおじ様かぁ、いいなあ。逆に言えば、イケメンの○の鶏冠にゲーハーは酷かもしれない。

（○）「そうですね、ハハハ」
なかなかうまいあしらい方である。
（M）「江藤さんも、どうせならやっちゃえばいいんじゃないですか。俺みたいに☆」

〝来たっ！〟と身構える。瞬間、無理！　と私は思う。

（私）「いや〜ハハハ、俺は……、そんな頭の形も良くないし……」
（M）「いやいや、江藤さん似合うと思いますよ、絶っ対に！」
（M）「なあ○、江藤さん似合うよなあ？」
（○）「んん、はあ〜」
（M）「三ミリもゼロも変わんないっすよ」
（私）「いや、どうかな〜、やっぱ感じが違うんじゃないかな」

（M）「同じだよな、な、O？」

なあMよ、あまりOを困らせるな。ほら、答えに窮しているではないか。この際だ。（心の声だが）はっきり言う。私はまだ三ミリがいい。もう少しだけ、もう少しだけチョボチョボで心許無いが、ここへ思いの丈を残しておきたいのだ。スッキリ、は私にはきっぱりと同意だ。一日中笑い続けるとか、一生怒り続けるとか、そんなとてつもない覚悟を要するのである。未だそこまで私は人間が出来ていない。

「キ～ンコ～ン、カ～ンコ～ン♪」

休憩時間終了のベルでMは直ぐさま後ろ向きに帽子を被った。すると、なんだろう私はどこか逃げ切れたような気になり、紙コップの底に残る珈琲の一滴を音を立てて啜った。

株門のすゝめ

お金は人の不壊《ふえ》に使途《しと》を違《たが》わず人の舌《した》に意図《いと》を造《つく》らすと鋭利。

いわんやお金は人の一生において必要不可欠なツールである。だが、ざっとこの五十年の我が国を見回したところ、基礎となる教育現場におけるお金に関するノウハウはおろか、いろはすら皆無に等しいのが現状だ。「金儲け」という言葉がどうにもいやらしく聞こえてしまうのが、この国の嘆かわしい風潮である。稼ぐ、その行為そのものが卑屈に映るようでは寂しい。金は天下の回り物とも言われる。経済の血流が日々スムーズに行き交うためにも、正当に評価されるべきである。株式投資もその一手。

株取引ほど単純明快なシステムはない。それでいて何より、株くらい安穏に構えて資産形成の実現できる手軽な投資法もないだろう。ところが「株」などという話題を持ち出すと、粗方《あらかた》そこには胡散臭い空気が漂うものである。たぶらかされる、とでも感じるに違いない。咄嗟に身を固くし、明らかに拒絶の色を示す人も多い。さんざ苦労して書き上げても、のっけからそんな嫌な顔をされるであろうことを想像すると、ここはひとつ別な主題に取り組むべきか、とも迷うが、いや、やはり書こう、との決断に至ったのは他でもない。重複するが、この株式投資の優位性を考慮すると、少々大袈裟に言えば今を生きる人に、ましてや未来を歩く人にはその生の側面から見ても、これ程太い支柱と成り得る存在はあるまい、と確信するからだ。私は株屋でも、またまた、その回し者でもない。売れたからといって何一つ得るものはない。ただ多くの人にこれ程優れた経済の仕組みが存在すること、そして、それを活用しないのはじつに勿体ないということを伝えたいだけである。「株はお金持ちのするもの、私にはちょっと」ともう一歩踏み出せずにいる方……、題が題だけにこうは言いたくないが一つ騙されたつもりで読んで欲しい。

起源は大航海時代。海外進出に挑む者と、その費用を出資する後援者たちとの関係である。外地で得た財宝や食料、資源等の一部は見返りとして出資者に譲渡されていた。株でいう配当に当たる。世界で初めて正式に出資者としての地位や権利を「株券」という形で発行したのは、一五五三年イギリスの合資会社「ロシア会社」である。一六〇二年オランダの「東インド会社」がより活発化させ、やがて世界中に拡大することとなる。日本における証券の歴史は、明治維新から始まり、長く続いた国債に始まり、株式の台頭は第二次世界大戦後である。その後の高度成長期へと結びつく。

株式の基本には、根底に相互扶助の考えがある。共に栄えようとする強い共存の意志である。しかし、よく耳にするのは「株で負けた」「株は危ない」「株だけには手を出すな」などという嫌厭《けんえん》の声である。なぜそのようなマイナスな意見が多く聞こえてくるのか？　断じれば、その懐疑の根は「株」そのものではなく、暴走する金銭欲にある。抑えようとすればするほど止められぬ。それは人の本能のようなものだ。ゆえに、それは誰しもが必ず持ち合わせ、株を始めれば間違いなく直面する。特に幾分慣れてくると不意に来る。もう少し、あと少し、と、別の自分が囁くという感覚だ。だが、そんなひょいともたげる真の顔があることを意識していれば心配はないと思う。少しずつブレーキを踏む訓練をしていけば、ある所で意識的に抑制を効かせられるようにもなるだろう。重ねて言うが、そんな過程を経ることによってなおのこと、これ程理にかない安定したお金の流れはないことに驚くはずだ。

さて、前置きはここまでだ。お教えしよう。私の「絶対損をさせない投資術」を。

① 準備段階（心構えとしての持論）

よく聞く話に、株を始める前にはそれなりの勉強が必要だという人がいる。お金を払って基礎知識を身に付けよ、と。さもありなんの考えだが、私の経験から言わせて頂くと、それはどうかな？ となる。如何にも難しげに、殊更気高く投資の壁を拵《こしら》える必要もないではないかと。何も特別に選ばれた人のマネーゲームではない。普通に生活する一般庶民の人生設計の一ツールだ。この基礎勉強とやらがネックになり挫折する人も多くいる。確かに多少の知識があれば、その分のみ込みも早かろう。だがそれはあくまで早いか遅いかだけの差であり、実感での深浅の違いは経験の長短からでしか生まれない。苦労して貯めた身銭を訳も分からぬ市場などという不透明な（初めのうちは）場所に注ぎ込むのだ。一万円の利益より、一円の損も出したくないというのが人情だろう。すると自ずと必死に先を追うようになる。知らずにニュースをあらゆる角度から眺め、本や関連雑誌をまさぐり、世の中の動きを敏感に捉えようとする。夏の涼しさに、冬の温かさにアンテナを張る。物の価値を踏むようになる。それらが全ていつの間にか勉強になっているのだ。学ぼうと努力して取り組むのも大事だが、無意識のうちに自分の体に馴染ませる、染み込ませる、それが私の株に対する向き合い方である。

「習うより慣れよ」体（感覚）で覚えよ。それで十分だと考える。

②　第一段階、口座開設

株取引に欠かせない証券会社の選定である。大きくは店舗を構える対面式が主流の会社と非対面ネット型の二つだ。手数料やサービスの質等々を比較し検討することとなる。一昔前まではネットは危険だ、と考える人も多かったが、昨今ではセキュリティも格段に向上している。今後更に質も高まるだろうことを考慮すると、その点での両者における優劣は付けにくい。ちなみに私は店舗型の株屋だが、この会社のリサーチの質の高さや証券の種類の多さに惚れ込んでの選択で、ここ十数年来ずっと使い続けている。もしもの場合、相談できる人間が身近にいることも心強い。ただ、最近ではネット証券も悪くないな、という考え方に傾いてもいる。やはり手数料の安さは魅力である。個々で見れば微々たる額とは言え、日々の累積は決して馬鹿にならない。

③　入金について

軍資金投下である。元手となるものは当面（少なく見ても五年）使う予定のないことを確認するべし。額もきっちり〇〇円と、スタート位置も決めた方がいい。自身の力で現時点でいくらまで自由が利くのか？　そのような意識を常々持つことも必要である。

金額の設定にあたってだが、二〇二一年現在、上場企業数は第一部だけでも二千以上、マザーズ、ジャスダック等を合わせれば四千近くにもなり、その中には数万円で買える株も多くある。となれば十万円でも五万円でも始められない訳ではないが、パチンコや競輪競馬といった類の賭け事ではない。じっくり腰を据えるといった意味でも、ある程度まとまった額から始める方が心構えも整う。ここはひとまず、二百万円とでもしておこう。入金方法は、前項で選んだそれぞれの会社により銀行振り込み、ATMカード、振替入金等様々ある。やがては己の分身となり働いてくれるお金だ。送り出す際には、何か一言小さく思いを込めたいものだ。

④　株式購入

取引方法には、自己資金だけを使用する現物取引と、その投入資金以上の額を一時的に借り入れて行う信用取引の二種類あるが、後者、「信用」にだけは絶対に手を出してはいけない。初心者は特に危険だ。無意識の金銭欲を呼び覚ますと、もう歯止めが利かなくなる。

念頭に置くのは次の二点。①東証一部上場企業（優良企業のみ）。②配当利回り三％以上。過去三年内に極端な利益率の下落がないこと。そして、じっと待つ。ただひたすら待つのみ。世界を揺るがすような出来事が起こるのを……。この期間を利用し、自分自身が本当に応援したいと思える企業の中から、右の二条件を充たす四、五社を洗い出しておこう。更に、余裕があれば、セクター（種々のグループ分割）を意識し、その変動傾向を掴んでおくことをお勧めする。後々の対応に有効だ。

前述した、「世界を揺るがす……」の一文は、何か人の不幸を待ち望むようで些か心苦しい。思うに読者もそう感じたのではないか。しかし、売買の基本（安く買い高く売る）の最たる例がここにどうしても生じてしまうのだから致し方ない。一歩考えを進めて、逆に世の中を助けるつもりで買い積める、とそのように捉えて頂こう。

この辺でちょっと時間を遡り、過去に発生した重大事件の数々を検証してみたいと思う。如何に株価というものが世の中の動きに影響を受け易いものかということを実感できるだろう。

●二〇〇一年、米国同時多発テロ事件。翌日の日経平均株価は前日比六・六％安。
●二〇〇八年、リーマンショック。日経平均バブル後の安値更新、六千九百九十四円九十銭。
●二〇一一年、東日本大震災。日経平均前日比下落率一〇・五五％。
●二〇二〇年、コロナショック。日経平均四日間で二千二百円以上の下げ。

大きいところを四つばかり載せてみたが、この他にも一時的に株価を押し下げる要因となった出来事は幾つかある。こうして見ると、平均四、五年に一度は何らかの歴史を変える出来事が発生し、その都度世界経済が大きく変動していることが分かる。④に記述した「世界を揺るがす出来事をじっと待つ」とは、このことを意味する。さりとて必ず来るとは言え、四、五年も、まだか、まだかと首を長くして待つのは辛かろう。本業に勤しみ、気長に趣味にでも打ち込むことだ。

ともあれ待った甲斐あり、思いもよらぬ出来事が株価を大きく下落させるだろう。必ずやそれは世界的規模で、ほぼ全面安となる。その形こそが買いの印だ。片や、ある特定企業の株価だけが暴落するという状況には、決して靡《なび》いてはいけない。それはその企業そのものに問題があり、弱さの表れであると受け取るべきだ。ガラ（多業種大暴落状態）を確認するまで静観を決め込もう。

購入方法は、成り行き注文と指し値注文の二通りあるが、成り行き（現、表示値）はあまりお勧めしない。焦らず、今現在示されている値の数段下を指示入力（指し値注文）すればいいだろう。

※注　必ずや株価というものは、購入後更に下へ、下へと値を下げ、意馬心猿《いばしんえん》を弄ぶものである。だが追いかけても意味がない。株格言に次のようなものがある。「頭と尻尾はくれてやれ」。底値など人に読めるはずがないのだ。

⑤　売却

後は、ゆったりとした心持ちで値上がりを待つだけである。こういった世界規模での株価全面安の戻りは比較的読み易い。ニュースや新聞記事に光るキーワードが、きっと現れる。その時をじっと待ち続け、少々の値上がりでは動かないことだ。

人間の窮地で見せる意志、その立ち上がろうとする闘志は凄まじいものがある。度々、私はそれを目の当たりにしてきたから間違いないと断言できる。ちなみに、東日本大震災のあの惨禍においてさえ下落相場は数日で転じ、第二次安倍政権の発足により、また元の値をあっさりと越えている。そのように、やがて元の株価に戻ったところをゆっくりと売り捌けばいい。ここでは先程の買いとは逆に、売ってもまだ上がる、という現象が起こり得る。あの「頭と……」を思い出そう。天井こそ読めないものだ。こんな格言もある。「二度に買うべし、二度に売るべし」。

説明は無用だろう。

「損切り」についての考察。株価が買値より安くなった際、損失を抑えようと見切って売却することを損切りという。一見成る程とも取れる戦法だが、私はこれに異を唱える一人だ。

何事も待つという状態は、実際以上に長く感じるものである。言われた通り惨事で買ったが、待てど暮らせど、いまだ上昇の気配がない。ともすればずるずる下げの素振りすら見せる。そんなぱっとしないボックス相場はストレスも溜まる一方だろう。

だが、間違っても「損切り」などという考えを起こしてはならない、と私は声を大にして言いたい。この損切りで得られるものは、あくまで証券会社における手数料であり、彼らが主張することの正当援護ゆえに得る先方のみの利益でしかない。損切りの必要性を盲信する人も多いが、それはまさに我々一般人の陥りやすい失敗の元である。絶対に損切りはダメだ。

こうも強く言わしめるべく私の体験談を一つ話そう。二〇〇七年から株取引を始めた私である、と書き出せば察しの良い方なら、もうお分かりだろう。そう、翌年にあの世界経済を震撼させたリーマンショックが起こる。この時点ではまだ全くその兆候も見えていないが、いざ嵐の如く吹き荒れると、私の当時所有していた株式の時価評価額は最大で元値の約三分の一にまで暴落した。すると、直ぐさま証券会社からの電話である。切羽詰まった調子でこう言う。「一旦損切りをして、別の伸びしろのあるものに変えてみませんか？」と。また別の日には「まだ、三分の一残っています。今ならまだ間に合いますよ」。そして、更に数日置いて「お勧めがあるんです。このまじゃ……」と、無遠慮に、仕事中だろうと就寝中だろうと構わず煽りの電話が鳴り止まない。それまでおとなしく聞いていた私だが、ある日たまらず、「もういいですから」と構わないで欲しい旨を伝えると、それ以降ふっつりと電話は鳴らなくなった。初心者の私に損切りはＮＧなどという確たる信念があった訳ではない。そここで悲鳴の聞こえてくる相場に、その時幸いにも、いったい何が起こっているのか、とそれすら分からずにいただけである。やがて買値を悠々と超えていった頃、「損切り」、それは罠だということを思い知ったのだ。とりわけ長期投資を志す者にとって、「損失を最小限に……」は欺瞞だと見ていい。

それはそうと、生長した苗木にぼちぼち実が生《な》ってはいないだろうか？

以上が私の株攻略の全てだ、と語ればきっとその稚拙さに笑うだろう。特に、数億などという桁外れの額を手掛けるデイトレーダーには大笑いされるに違いない。なんだ、そんなことか、四年も五年も、ただ待つだけなのか？　もっと頭を使わなくっちゃ駄目だよと。ローソク足を読みこなし、長、短の移動平均線から買いシグナルを探り、デッドクロスの出現には素早く売り抜かなくちゃ、と講釈を始めるだろう。データ活用を勧め、哀れみすら示すに違いない。だが、もう一方の頭で、私がこれまで述べてきた流れの通り寸分違わずやり遂げたとすれば、それは負けるわけはないだろうとも考えたのではないだろうか。なぜなら、それは言わずもがな勝つようにしか進まないのだから確実である。負け（損失）や勝ち（利得）といった投資の結末は決まるのではない。自身が決めるものだ。相場は常に変動を繰り返しており、言い換えれば買値を境に波長を見るのと一緒である。長く待つことで上昇に転じることはよくある。売値を買値の上に当てる、勝つとはそれだけの至極単純な操作だ。

そんな株で得られる売買利益（キャピタルゲイン）の享受も、年に数回の配当（インカムゲイン）にも「虎穴に入らずんば――」などという重苦しい気構えは全く以て不要である。ああ、なんだこんなことか、とやってみれば、その単純性に拍子抜けするかもしれない。「案ずるより産むが易し」とはまさにこのことだろう。額に汗して働いて、時給千円程の常態に、一瞬にして五万、十万という利金が生じると、額に汗など馬鹿らしくなってくる。座っていて金儲けができるのだから、こりゃあもうやめられない、と必ずやそうなる。危険な傾向だ、と自身への楔《くさび》をこの時打って欲しい。あくまで世間のお金に対する主眼は、苦と同等の報いであることを忘れてはならない。投資から得られるのは、偶発的利権と時代のうねりから生じるちょっぴり甘い上澄みのようなものである。

時に、某投信のＣＥＯのある言葉を聞いた。細部まで定かではないが、概して次のような内容であったと思う。

「株というと、一般に派手なお金の行き来を連想しがちだが、見ようによってはこれ程地味で、動かないものもない。しかし、考えればそれもそのはずである。株の裏には企業という実態があり、そこで働く人たちがいる。生活があり、人生がある。そうバタバタ動かれては地に足のついた仕事も人生の機微も、事業経営すらままなるまい」

そう語りつつ彼もまた、このことを言いたかったのではないか、と私は想像する。

「しかし、緩やかに、じつに忍びやかに胸間は放たれ、それはまるで切除を免れた徒《と》長枝《ちょうし》の如く、上へ、上へと上昇を試みる。そこに感動するのだ」

株というものの示す企業価値に人々のたゆまぬ努力を認め、人間の未来への希望をひしひしと感じ取るのである。


簡単だよ、絶対に儲かるよ、と延々綴ってきたが、こんな拙論で読者を一人として落とせたとは思ってはいない。何せ、長く傍にいる妻ですら未だ落とせずにいるのだから。彼女は、もっぱら銀行預金一本やりである。百万円が生み出すわずか二十円程のお金をまるで光る小石のようにしっかりと握りニコニコ笑っている。そんな姿を見ると、どうにもネットというバーチャル空間で得た数百万円の譲渡益など割りばしに絡まったただの綿菓子のように思え、ふわふわと雲のように頼りない。無知の知を盾に得た堅実という武器も中々に手強さを感じさせるのである。

ここへ来て、急所を攻められた形だが、とは言え、やはり人が生み出すもの、築き上げてきたものは、必ずや人を幸福にしたいという想いの具現化である。長期にわたり継続されてきたものほど、その信憑性も高く、株などはその好例で世間に広く間口を取り、今日も一杯に門扉を開けている。用語から成り立ち、そしてその仕組みや売買テクニックといった直接的なことから派生して人間の深層心理、果ては一個の人生、と突き詰めればそんなところにまで及ぶのが株だ。どこまでも深く、考えればきりがない。イッチョ儲けてやろう的な魂胆を持たず、シンプルに、素直に取り組めば一利あって害なしとも言えるのだろうが……。束の間の生、叩いてみて損な門などない。

――終わりに――

「ご自身の判断と責任において……」――自己責任原則から、やはりこれを書くことは決まりのようである。末広がりに仕上げるはずの株入門が極めて尻すぼみに収まってしまいじつに不本意だ。

門、門、とここまで是非とも株の一歩には門口があるもののように説き、頭の中のその形容に四脚や八脚をずっと私は当てて来たが、いずれにおいてもガラリ開けばウェルカムの態で陽気な顔が出る。しっぽに私の好きな株相場格言を添えて、狭めてしまった扉を少し広げておくとしよう。

（一）人の行く裏に道あり花の山
（二）山高ければ谷深し
（三）休むも相場

門の向こうには、きっと次のような美味、妙味が待っていることだろう。
一夜《ひとよ》にしてリボーン！　近未来的なカレー。

禿げ談義〈二〉（無言編）

（時）　二〇二〇年八月中旬、連日の猛暑（コロナ禍）
（場所）我が社の一角、男子ロッカールームにて
（登場人物）私……五十代　男
　　　　　　K……四十代　男
　　　　　　T……三十代後半　男

類は友……というが、禿げもまた、互いに引き合うもののようである。

横一列に並んだロッカーの端と端、そしてその真ん中に立つこの三人の上方にドローンでも飛ばし撮った画像を人が見れば、きっと「ブラザー！」と言うに決まっている。舐めた真似をしてからに、と私はズボンを下ろしながらぶつくさ呟く。

ＰＭ六時二十五分。奥からＴ、Ｋ、そして私。こんなアイドルのステージのように、綺麗な等間隔で同類を置くなど策略の外ない。各人のロッカーの配置を決めるのは総務課だろう。禿げ三人を並ばせてやれ！　そんな魂胆が見え見えだ、などと考えるのは邪推だろうか？　いやいや、やる気ならやれないことも無い。

「似たようなタイプでまとめました」と言われればそれまでである。

この三人、共に顔見知りだが課も違い、そう頻繁に話をする仲でもない。言うならば程よい距離。そんな関係が今のこの沈黙を作り出しているのだが、不意にベルトがカチャカチャ言ったり、社会の窓をキュッキュと扱《しご》く音に、やはり三人、「そこに居る」という緊迫に似た意識はぴりぴりと伝わってくるのである。

二〇一九年十二月。中国の武漢市を起点に感染症「ＣＯＶＩＤ—19」新型コロナウイルスが侵食を開始する。やがて中国全土、ヨーロッパ、そしてアメリカ、日本へ、とそれは瞬く間にパンデミックを引き起こした。

第一波の襲来で政府は小、中、高の一斉臨時休校を決断。最も感染が懸念される夜の町に睨みを利かせ、仕事は〝極力〟とリモートを推奨する。イギリス、スペイン、アメリカ……他三十二カ国で都市封鎖（ロックダウン）の緊急措置も取られたという。どの国も自粛、自粛で経済への打撃は著しい。第二波が立ち始める最中、四苦八苦の我が国は更なる蔓延を阻止するべく、「新しい生活様式」を全国民に呼び掛ける。それは三密（密接・密集・密閉）を避けよ、が基本事項である。その上で、①マスクの着用、②ソーシャルディスタンスを保つ、③手洗いの徹底、④室内の空気の入れ替え等々、幾つかの防止策が提示された。

そんな中、私が今苦しんでいるのは、その防止策④、「室内の空気の入れ替え」の副作用にである。入れ替えどころか、元々、このロッカールームに関わる男どもは開閉を面倒がる傾向が強い。常時『開』状態のその開けっ広げな窓から吹き込む生暖かい風が風下にいる私には劇薬なのである。Tの……そしてKの……この二人の仕事に燃えた情熱の汗から来るむせ返るような臭気にそよそよ風が靡くと、いちいちこちらまで届けられ、降参です、という気分にさせられるのだ。更には若干だが、どちらかのワキに掛かる酸っぱい匂いに一瞬、立ちくらみすら起こしそうになる。だが、これも彼らの頭頂部が寒村であるがゆえの臭気に対する過敏さだろうと冷静に判断すると、このちょっとした異臭騒ぎも仲間内の痴話喧嘩のようでじつに不幸である。

そもそも……などと禿げなる原因を考えながら、そっと二人を盗み見ると、九八％

の力を使い果たし、残る二%で家路に就きますという目をしたTと、何かこれから良いことでもあるのか、鼻から下の顔が陽気に笑っているK。そのどちらにも罪はないと思えてくる。

よく頭を使う人間に多いらしいが、二人はともかく私にはてんで当てはまらない。やはり最も有力なのは遺伝説だろう。しかし、これも口にするのは簡単で途端にひょっこり顔を出す運命という約款にがんじがらめ。どうもがいても人の手の届かない場所ならなおのこと、情からしてせめてそんなはずれ券を末代に渡したがるご先祖がいるとは考えたくない。その他、帽子の被り過ぎ、直射日光……、と浮かぶ端からそのパンチの無さに、ばったばったと切り捨てていると、ふと、助平の成れの果て、という言葉をいつか耳にしたのを思い出した。これだよこれ！　脳裏にシャッと明かりが点る。これなら私にも十分歩がある、とこんなことに溌剌としている自分を、私自身悲しく、そしていよいよ恥ずかしく思うが、他に何も人を抜けるような技が見当たらないから仕方がない。前に出ようとすると、どうもいつもこんな調子である。張り合わなくていいところで向きになる。突如どこやらから、「さあ、始まりました助平競争。エントリーはT、K、Eの三名です」、そんなナレーションが聞こえてくる。スタートラインで睨めまわすようにもう一度二人を見遣ると、二%の目も、ひたひたの口元も間違いない共に強豪選手。ようし、さあ掛かって来い！　と俄然こちらの闘志も湧き立つというものである。

徐《おもむろ》にKが伸びをし、頭蓋露わに差し向ける。何をっ！　とこちらも黙と頭頂をお見舞いする。そんな抗い空しくすぐさま負けを認めたのは、そのKの気も無い余裕である。一方のTはと言えば、こちらはなんとてっ辺から湯気を出しているではないか。そよ吹く風にゆらゆら蜃気楼の如く揺れている。そんな奥の手を見せ付けられてはもはや完敗である。

一位がT、二位はK。この二人の猛将がまだまだ駆け出しの私を最下位へとねじ伏せた形であるが、それでいい、と私は思っている。この位置を甘んじて受けよう、とも。

着替えを終えたKが、ペコリ一礼し私の後ろを去っていく。やあ、銀メダル！　お疲れ様、と私も首を振る。そして、しばらくして一段とゆったりした貫禄でTが私に頭上を見せる。おおお、金メダリスト……おめでとう！　こいつには敵わないや、と私は項垂れるように二度お辞儀した。

仕事に疲れ、果てはここでのとんだ残業に付き合わされ今日はもうへとへとである。さあ帰ろう、と、ロッカーの扉を閉めようとしたその時だ。

「なんじゃそりゃ！」

思わず私の口から、かのジーパン刑事のようなセリフが飛び出た。目は目で鏡を二度見、いや三度見する。望み叶い、晴れて天性の助平を称えられただけである。だのに……おまえ、いつの間に。断りもなしに水臭いじゃないか。やけに寂しいじゃないか、とそんなアンビバレントな心情に打ちのめされるのであった。

メダルを胸に一人、社を後にする私に、外はくっきりとオレンジの空である。

アイドルカンパニー（旧ジャ）が見せるもの

（注）本稿の原案は２０２１年に記したものである。２年後の２０２３年に故ジャニー喜多川こと喜多川擴《ひろむ》氏の性加害問題発覚で、内容の改訂を余儀なくされた。由々しき問題である。致し方なしと捉え、掛かる部分の削除、又修正のための加筆を行ったが、旧ジャニーズ事務所の新社名「STARTO ENTERTAINMENT」の響きだけには悩まされた。まだ日が浅い分、耳に馴染まない。ピンとこない。キャッチボール感覚で言葉を届けたいだけなのだが、読者に果たして伝わるだろうかという懸念である。以上のようなことから敢えて社名に「旧ジャ」の文字を使用した。どうかこの点お許し願いたい。それでも「いいや、我慢ならぬ」と言う方、或いは数行読んで「胸の辺りがちょっと……」と言われる方はすっぽり飛ばしてもらって結構である。読後スッキリが著者のモットーだ。是非にもお目通し頂ければ幸いである。

あの若々しさの塊、そして高まり。清潔感の溢《いつ》、イケメンの唯《ゆい》。生きた絵画、言わばアニメ実写版。ああ、まだまだ言葉足らず感が残るが、今や女性のみならず一部の男たちをも引き付ける所謂S級男子の見本市。いつの時代も変わらず多くの人を魅了し続ける男性アイドルカンパニー……その名も「旧ジャ」。

そんな光輝の彼ら「旧ジャが見せるもの」、これが今回の議題である。それは年代により様々だろう。例えば、二、三歳の幼児にとって旧ジャのお兄さんは元気印そのもの。楽しく踊り歌うハツラツ先生に外ならない。にこにこと弾ける体の切れを見せてくれる。十代女性にとっては、紛れもなくアイドルの形をとる。私だけの彼、何があっても彼、きっと私に気付いている……。と、こう言っては可哀そうだが、そんな妄想を見せてくれる。一方、旧ジャショップの四十代男性店長にとってはじつに稼ぎのいい若者と映るだろう。ちとばかり良い夢も見せてくれるのかもしれない。転じて年頃の娘を持つ五十代オヤジへの投影は、ほろり切ない失恋の疑似体験。

先日、部屋掃除かたがた、新聞整理の頭が過ぎった。収納袋が山になっていたことをふと思い出したのである。案の定、行くと紙片は袋から大きくはみ出している。諸悪の根源とは、きっとこういった些細な綻びで、それがやがては精神にまで伝播し固着するのだなあ、などと独り合点。小さく舌打ちし、もう一度よく見る。と、一番上で私を待ち構えていたのは、あの旧ジャ・アイドルグループ「A」の五人ではないか（※以後、アイドルに関する名称は全てイニシャルで記すこととする）。Aと言えば、娘がこの十年来、一心不乱に声援を送り続けてきた、言わずと知れた当ジャのトップアイドルグループである。喜び勇んで彼女も何度、彼らのコンサートに足を運んだことか。それは即ち親である我々も、どれ程彼らに資力を尽くしたことか知れない、ということと同義である。何かの間違いだろう、と拾い上げると何と、今度はその下からAに在籍するN氏のでかでかした顔の一面。N！　それは娘の本命だ。

そんな彼を、はてさて？　しばし思い巡らす……と、そう言えば、一つ思い当たる節がある。いつだったか、そのN氏に恋人発覚の噂が流れると、程なくして結婚発表のニュースが飛び込んだ。笑い崩れるかのようにNロスへと沈んだ娘の横顔を盗み見た記憶がある。その時の一オヤジの心情としては、

「よくも、うちの娘を傷物にしてくれたな！」

そんな憤怒にも似たものであった。がしかし、その後暫くしてKJのライブに行き出したり、その彼らのテレビでの熱唱に小さくタテノリも見せていた。更に、ここ最近ではJWにハマっているなどという妻からのタレコミもある。娘が元気になってく

れるのは嬉しい限りだが、何かこう捉えようによっては男をとっ替えひっ替え的にも感じ、それはそれで少々不安にもなる。だが、しかしもって、これで先程の新聞の一件は、吹っ切れたのかな、と私の中ではひとまずの場所に落ち着いた。Aたちの面を折り返し、急遽出番が回ってきて上機嫌そうな演歌歌手の笑顔を最上段に、かます結びを試みる。

如何せん、こうなると彼らが娘に露呈しているものは前に挙げた「私だけの彼……きっと私に気付いてる」などという、単に甘い恋の駆け引きだけではなさそうである。彼らもまた人間。人並みに恋をし、家庭を築く。年を取り、変貌もする。それは返せば、貴女たちファンもいつか恋人に巡り合い、新しい人生を歩むことになる。歳を重ね、変わりゆくお互いを見続けるのですよ、とのお告げか？　重ねて夢は一時、と暗に説いているようにも思えるのである。私たち親としては、ならばと、未だ無垢な娘たちに実践に向けた恋のレッスンと捉え、仮につまずいた場合でも、また直ぐ立ち直る強靭な免疫獲得を切に願うばかり。「顔良ければ、心悪し」と必ずしも外見と中身は反比例するわけでもないだろうが、どちらかで妥協を迫られる場合は迷わず外見を削ぐこと。イケメンはほどほどに、とこれはあくまで私見だが、君のことを何より大切に思ってくれる人であることが第一条件、とこちらは譲れぬ親一同の総意である。

その夜、「煮るなり焼くなり……」の言葉を引っさげ、テレビCMに突如現れたN。私は思わず向こう岸の娘を見る。と、何やらソワソワと落ち着かぬ素振り。まるでそこはセンチの綱引きというか、切ない恋のトライアングルとでも言おうか、「元カレだし～、見たいのはやまやま。けど……今カレに悪いし……」、そんなどこかもじもじの空気が伝わる。これもまた旧ジャの面々が示してくれるネゴと感情スキームの教科書だろうか。

「0」→「1」のように切り替わったCMがやけに空々しい。すると一瞬そこに広大な東京ドームの一週でじっとN氏を見詰める娘の姿が浮かんだように思えた。私の遠い耳に木霊するのは、ステージを引き上げた彼らを呼び戻す声、声、声……のどよめき。意味もないCMを、何やら意味あり気に見詰める娘の側面に、はっ、と覚えた距離感。

早いものである。つい先日まで私の膝下でクスクス笑っていた娘が今、人に惹かれ、魅せられ恋をする。潰れたバスケットボールを帽子替わりにして、だぶだぶのシャツ、ぶかぶかのズボン。カメさんのリュックを背に、炊飯器の内蓋を咥《くわ》えて、かかとの余ったスリッパをパタパタ言わせながら私の元へ、いつだって真っ直ぐに駆けて来るものとばかり思っていたけれど……。とうに追い付けない位置にいたようだ。

「good　morning son……」

スティル・ファイティング・イットの頭を口ずさむと、彼女から貰った大切なシーンの幾枚もが、スライドショーのように滑らかに脳裏を過る。かくれんぼ、トンボ採り、三輪車、日向ぼっこ。雪遊び、一輪車、二度のプール、ハッピーランド……。それらは皆キラキラで眩しいが、つやつやで痛く切ない。

プランターに敷いた柔らかな土の表面の中央をそっと除け、種を一つ。日に日に見せる、その愛らしい花の移ろいが只々可愛くて楽しくて、変に嬉しくて。私は頬杖などついて眺めていただけのような気がしてならない。折々に、きっとあったであろう掛けるべき言葉も、親として伝えねばならない人生の何やらも一言も語ってはいないのだ。ごめんね。きっと彼女が生きるはずだった洋々たる世界を、私という存在が、この卑屈なる阻害者がけち臭く縮めてしまったのかもしれない。

「We're still fighting it and you're so much like me I'm sorry」

肝臓をあげよう。腎臓も肺も、すい臓、小腸もあげる。何なら私の眼球も使いなさい。心臓もまだまだ動く。彼女からのギフトに、こんなものとても見合うはずもないが、「私のもとに生まれてきてくれたこと、本当にありがとう」——これだけはどんな形をもってしても全力で伝えねばならない、と気は急く。

アンコールで遅れてきた彼らの再演に見るのは、迂闊オヤジ狼狽の図である。

50カラット

「順調に行っているみたいですよ」

「あ、そうですか、ありがとうございます」

「四月中には出来上がると思います」

「楽しみです。……はい、じゃ、よろしくお願いします」

右は、近くの画商とのやり取りである。家の玄関の扉を開けてぱっと目に付く一点に画家の一枚を飾ろうと思った。正真正銘プロの肉筆画である。生意気にも数十万円の代物である。家族には自身の身を削ったとだけで、金額の一切は伏せてある。一生ものだ、後悔はない。むしろ諦めて悔いを残したくはなかった。ここに辿り着くまでには少々複雑な経緯がある。順を追って説明しよう。

三年程前に、今の建売一戸建てを購入した。外観は白がベースの南欧風。その光溢れるような温みが決め手だが、一転、内装は焦げ茶が基調でやや暗い。落ち着いた感じ、と取ればいいのだろうが、私としてはちょっとした引っ掛かりを覚えつつの毎日である。

風水に「気は玄関から入って来る」などという深みのある言葉を耳にした。不要なものは置かないことが良い気を取り込むコツらしい。善は急げ。明日履く靴と木製のロング靴べら、アイボリーのシャギーマットを小さく敷き、その脇に家族分と客用の二足が入るスリッパラック——とひとまずシンプルにまとめてはみたが、やはりここも薄暗さがどうにも気に掛かる。正面の壁が縦に長くえぐられており、あたかも「さあ、絵を飾れ」と言わんばかり。……飾ってみようか？　少しは陽の気も舞い込むやもしれぬ。

まず目を付けたのはお手軽クイックコースである。父が絵を描く。巷で流行りの絵手紙だ。懸賞などにも応募しているようで、何度か賞も頂いた。そんな目で眺めると、思いの外良く見えるときもある。さしあたり花の絵を数十種取り寄せた。しかし、それをそのまま飾るのも芸がない。とにかく花だけに色が豊富。そこをヒントに、これら一枚一枚をピースと見立て、構成を加えることで別な何かの絵にならないか、とそう考えた。縮小コピーを繰り返し、三×四センチ程のベビー絵手紙に作り替えパウチ包装する。これを一種につき三十枚作製し裏面にマグネットシートを貼り付けた。マグネット対応のブラックボードを購入し、そこへこのベビーたちをパズルのように組み合わせることで、あ〜ら不思議、有名なあの一枚に大変身、のはずであったが、そううまく行くはずもなく、単なる模様の連続であったり、見るに堪えない稚拙アートであったりと、自身の才能の無さを存分に味わう。それでも半年程は手を替え品を替え応戦したが、家族の余りに薄い反応に幻滅し、その後、放置したままの状態になっていた。

そんな、ある日のことである。以前勤めていた会社の先輩が趣味で絵を描くと知り、早速会いに行った。個展を開くまでのレベルらしい。

嬉々として一枚お願いすると、

「気に入ってくれるかな?」

何やら不安気である。この意味が呑み込めず、取り敢えず一枚手近にあったものを見せてもらう、と?　ロボットを置いたり、強烈な無機質感であったり、随分と個性的。だが、一度お願いした手前もある。いや、彼のことだ。必ずや私のこの切なる願いに的確に反応し、これぞ!　という一枚を描いてくれるに違いない。そんな信念の下、さっきからずっと首を傾斜させている彼に是非とも、と願い出た次第である。

「じゃ、どんな絵がいい？」

と聞く。どんな？　いざ聞かれると、これは中々難しい。我が家の沈んだ玄関を想像し、「そうですねぇ、こう、パッという感じ」とか、新たな家での私たちの出帆を思い、「んん～強い絵」とか、ガッとか、ズンとか、身振り手振りを交えた終始抽象的な表現に、彼は一層苦悶の表情を浮かべていたが、大丈夫！　絶対彼なら……。またしても根拠のない安寧が私を強くしていた。

あれから、およそ三カ月後。その間に二度、メールで来る彼からの質問にやはり象形文字のような言葉を返し、一層頭を混乱させて上げた末、とうとう「出来た」との連絡を頂いた。喜び勇み約束の茶店に向かう。数十分遅れてきた彼は浮かない表情である。小脇の絵を拝見する。と、やはりロボット……。しかも今回は何故か二体？　ダブルロボで最強とでもいうつもりか。しかし、熱く訴えた「ガッ」や「ズン」をどう投影させればこの絵になるのか。私に芸術というものは理解できないらしい。その旨、正直に話し丁重に謝ると、「いいんだ、いいんだ」という彼の好意的な和解をもって辞退した。敢えて、再々失礼だが、さすがにあの絵は玄関向きではない、と今でも考える。

するとと我が家の入り口は、また父の数十ピースにただ色を置くだけの、風水の意味も薄れつつあった。暫くして、もういいやの態でネットを見ていた時のこと、潜在意識というものは、こう働くのだろう。眼前にズズンと現れた一枚の絵に心が動いた。樹木の緑に特徴がある、それが第一印象。その緑で光を表現する画家、が第二の受け止めである。玄関に映える緑、澄んだ光、出帆の力強さ……。これだ！　と閃く。画家「森田健一」の名をそわりと胸に置く。近所の画廊に赴いたのは翌日だ。

そんなところに足を踏み入れるのは初めてのことである。恐る恐るドアを押すと、七十過ぎと思しき男性が二人こちらを見、不審そうに「いらっしゃいませ」を口にする。店先に懐疑心露わの老人三人の図である。小さく会釈し、背に疑惑の目を背負いながら店内の絵を見て歩く。と、「森田健一　作」の文字。おお！　ここにも、あそこにも森田の名。思わぬ早期の出会いに、またまた運命を思わせる。実物を改めて眺め見れば成る程、やはり緑、そして光。間違いない。やっぱりいい。ただ……問題は画のサイズである。メモに記した壁の寸を思い浮かべる。縦五十六センチ、横四十センチ。これより大きくては問題外だが、かと言って、小さくては折角の運気も比例して貧相になりはしまいか危ぶまれる。五十六×四十は譲れないのである。

あちら、こちらと森健を巡るが、そのどれもが不適合。しかし、思いがけぬ展開もあるものだ。勇気を奮い起こして発した、「あの〜？」という一声が場の空気を変えたのである。聞くところによると、この画廊も以前から「画家　森田健一」を推しているそうで、店内でも何度か個展が開かれたらしい。

「こちらにもありますよ」

二階へも案内してもらい、計六枚の画を試したが、やはり合致せず、困惑の表情を浮かべていると、先導の彼が事もなげにこう切り出した。

「注文にしますか？」

プロに注文とは、いったいいくら取られるのだろう。即座に浮かんだ疑問はここだが、そんな私の心を読んだかの如く、金額は決まっているという。プロの画家には一号当たりの販売価格が設定されており、値段はその号単価に、作品の号数を掛けたものだとスラスラ言う。「森田先生は〇万円だから」と何やら奥から持ち出した画家たちの金額一覧を手に、〇×六の答えを私に提示する。そういえば先程、

「壁にジャストのサイズはP六号かな」

とAさんが言ったのを思い出した。成る程、そういう仕組みか。だが待てよ、そのはじき出された〇〇万円、私のひと月分の給料を優に超えているではないか。どうするよ、俺？　情けないが、そんな弱音を耳にした。すると一方で、ここが家運の分岐

点とも考えろ、もう一人の自分が叫ぶ。しばし心の真ん中で均衡を保った天秤が次の瞬間、片方へ大きく傾ぐと「んじゃあ〜」と語っていたのは、「50」のこの口である。

重大なことを思い出したのは、その翌日だ。絵を描いてもらうなら是非、と以前から家族の意向を預かっていたのである。妻からは、いずれ飼うことになるであろうフレンチブルドッグ（フォーン）。娘からは、旧ジャWESTのメンバー重岡君が主演した漫画が原作のドラマ「悲熊」より、漫画チックな熊のぬいぐるみのリクエスト。一生ものの絵に、この二人の望みを吹き込み忘れては一大事。

緑の画、とだけの先日の注文依頼に、画商としても再度細かな要求を確認したかったのだという。私の再訪を心安く迎え入れてくれた。そして樹木、空、小道の各々の感じを聞かれた後、こちらからも二つ入れて欲しいものがある、と告げると、揃って二人「はい、何なりと」の様相で身を乗り出した。そこで私は言ったのである。

「一つ目は……犬を入れて欲しいのです」

と、二人の返答は意外なものであった。

A氏「えっ！　イ、イヌですか？」

B氏「……先生、描いてくれるかなあ？」

A氏「犬かぁぁぁぁぁぁ」

B氏「…………」

この異常なまでの二人の動揺に、はっ、とようやく私は失言と気付いた。相手はプロの風景画家。その景色の筆で生計を立てる人物に「犬を描け」とは桃畑から大根を引き抜け、とでも言うようなもので畑違いも甚だしい。更に一歩進めればお家芸の緑に「劣等」の烙印を押したようなもの。しかも、客の要望とはいえ、その酷な通知をこの二人に「代弁せよ」と命じているも同然である。「鳥なら描いたことはあるんですがね」と私の妥協を求め年嵩のA氏は言う。「犬…ですよね？」と彼は自身に念を押した後、しかも……と続け、「犬は犬でもこの犬種と分からなければ描かない方が……」で間を置き迷っているので、「いいです」と、きっぱり私が言うと、納得した模様。ややあってどこかへ電話したり、ネットをまさぐったり慌しい動きが目の前で繰り広げられると、両氏焦燥しきった顔で「相談してみます」とポツリ言った。期待を込めてA氏が放った「もう一つは？」の問いに私が詰まったのは言うまでもない。マンガのクマとは口が裂けても言えまい。だが、執拗に迫ってくるA氏にさり気なく「あくまで」と前置きし、「隠し絵的に」とやんわり付け加えた上で熊の件を述べると、それでもA氏は商売柄か、「ああ、隠し絵ですね」と苦し気ながらも答えてくれるからまだいい。問題はB氏である。むっつりと、まるでご飯のお預けを食らったフレンチブルドッグよろしく、「先生に職を変えろとでも言わせたいのか」とその顔が語っている。却下はこちらから申請した。

冒頭に上げた、弾んだB氏の声を聞くことができたということは、森田先生も自身の風景画にお茶目なフレブルの登場を許したものと見える。この連絡があったのは依頼から三週目、どのような緑の中を闊歩するのだろうか、想像を逞しくする。

「森の画完成」の吉報が届いたのは、それから十日後の四月初旬である。今、私は緑の画を迎えに一人画廊に向かうところだ。その画を玄関に飾る様《さま》を思い描くと、どういう訳かいつぞや見た、女優の長澤まさみさんの首元が浮かんでくる。「五感を動かされる特別なもの」と語っていた、重たげなあの「50カラット」のダイヤモンド……。

ようよう思うにこの男、そんなものを家の玄関にぶら下げるつもりでいるらしい。からっ、と飛び切り爽やかな春風を待つ心持ちである。

禿げ談義〈三〉（一徹編）

会社への行き帰りにどうしてもそこを通ることになるのだが……。それは、ある一本道の直ぐ脇にこれ見よがしにでかでかと立つ、男性用カツラの広告掲示板。出来るだけ見ないように用心し通り掛かるが、なぜかつい目が吸い寄せられるのは、次の決まり文句である。

「決して、諦めないでください！」

うるへい、分かっとるわい！　と腹で罵りつつも確かめたくなるのがその使用前、使用後で何ら変わり映えしないメガネ男の馬鹿面である。新型の頭を折角搭載したというのに、もうちょっと嬉しそうにできないものか。やはり今日もぼ～っとしたままだ。この店特製だというカツラの広告に、月数万円の宣伝費。こんな男に掛ける価値はあるのかとハンドル片手に疑うが、はた、と逆にこんな顔でも髪さえあればイケるでしょ？　とそんなメッセージを受け取り、ガッテンとばかり二度見してしまった。

「愚か者～っ！」

思わずちゃぶ台をひっくり返したのは、そんな自身の不甲斐なさにである。

私はこんな風に折に触れ、薄き髪に触れ、しばしば想像の中、ちゃぶ台をひっくり返す。血の滲むビンタ数発、こぼれる涙も拭かず一言、

「と、とう（頭）ちゃん……」

そう、私はあの日、自身の中に生きる模擬父一徹に言われたのだ。ピカリ輝く星になれ！　そして、渋々誓ったのである。

「うん、多分なる……いやなれる、と思う」

「百本は無料です」とTVCMで有名男優が言っている。「本当に自然で、言われないと分からない」と囁き、更に「言われても分からない」などと豪語する。そんなグイグイ引っ張っておいて、「まずは試しましょう」と飛び切りの笑顔で手を差し伸べられれば、つい……ともなる。そこに「馬鹿も～ん！」私の一徹は発動する。

あ～ら不思議。ふりかけの如く、頭の薄いところにその魔法の粉をぱっぱ落としていくと見る見る黒々、まるでフサフサ。当の彼は、どうだと言わんばかり。こちらもTV映像の一コマだが、スタジオがどっという歓声に包まれる。ほう、と心底感心し

ていると、「たわけめが〜！」、また喝である。

巷には誘惑が多過ぎるのだ。発毛、育毛、増毛、植毛、まるで毛が無ければ生きていてはいけないかのような、け、ケ、けっ毛のオンパレード。ウィッグなどという言葉も最近ではよく耳にする。元々は、ファッションの要素が強く、主に女性が髪の色を変えたり、服装に合わせたりといった使い方が主流だったらしいが、これを男に嵌めれば即刻ハゲ隠し、カツラの意である。洒落た耳障りの良い言葉に、ふらふらよろめかせる作戦だろう。

小、中学校の音楽室でやけに盛られた西欧音楽家のあの頭も、じつはカツラである。バッハのあの、バッハ然としたクルクル、モーツァルトにしてみれば、まるでペン立て付きヘルメットではないか、何と毛量豊富な、と純真なあの頃は感じていたが、ヅラと分かれば逆に薄さが気になる。決してハゲではないというが、本当かな？後ろからそおっと近付いて、スポッ！　と外してみたくなる。ピアノの音色の変化も多分に聞きどころである。

ネットで「カツラ」を数回検索すれば、後は黙っていても関連商品情報が続々届くというお節介。避けても、そこがお前の弱点だ、とばかりに攻めて来る。とうとう「ワンコインで！」とカッコイイお兄さんが登場するので、もうどうにでもなれ、とクリックすればお兄さん、片手で髪を掻き上げて笑っているではないか。真似して私も自毛に手を掛けるが、じゃりじゃりの超短髪じゃ掻き上げにもならぬ。指先に何か、廃油のようなじれったい粘りが残るだけである。

「お坊さんみたいになっちゃいますよ」と言われながらも、雁首を差し出したあの某床屋での湿った断髪式の日から、私の散髪はもっぱらセルバリ（セルフバリカン方式）である。カット後の洗髪を考慮すると、場所はやはり浴室となる。以前は鏡を見つつウィンウィンやっていたが、最近ではノールック。深夜のｂａｔｈに電気も点けず、もうこんな頭見ないでも刈れるのだ、の勢いである。だが、何の因果か先日、それまで使っていた三ミリのアタッチメントを暗闇の中、踏み割ってしまい、残る坊主頭用の付属品は二ミリ以下。まあ、三ミリから二ミリだ。一ミリくらい何も変わらんだろう、とその二ミリでギュンギュンやっているがこのわずか一ミリの差は中々に侮れぬようである。髪の長短以前に、まず一見した頭の色が違うときている。毛というものの黒さ、暗さの演出はすっかり抑えられ、頭皮の青さが前面に押しやられ、そんな青々とした現在の頂は寄る辺なく偉そうである。なあ〜に、見慣れればそれ程でもあるまいとも言われるだろうが、持ち主の私が刈り立てのその青田に都度おっ、おおっ！　と怯むのだ。第二、第三者がギョギョ！　っとならぬはずがない。

人体構造とは、じつに複雑で精巧なものとの印象が強いが、人もやはり単なる一生命体である。進化の過程で発生したが、どういった訳か道半ばで途絶えたと思われる今となっては無駄、無意味な箇所も多くあるようだ。

「男に乳首は無用」とモロッコ人の男性が自らのそれを切除し、一時話題となった。盲腸は、もう長く不要と言われ続けている臓器の一つである。耳介筋《じかいきん》というのをネットで見付けた。ぴくぴく耳を動かすための筋肉。それは太古の昔、敵から身を守るために備わったが、文明の発達と共に退化した、現在では不要な筋肉。私は、その自身の耳を意のままに動かせる。密かな自慢の一つに思っていたが、無益とは形無しである。

さて、この流れでの頭髪だ。同様に私などどこんな下らないものと個人的には捉えたいところだが、解剖学の見地からすると、この髪の毛とは最重要部である脳を熱や衝撃から守ることに一役買っているのだとか。あんなふぁさふぁさで？　と大いに疑問を持つ。何なら人体組成のありったけを駆使して、鉄クラスの庇《ひさし》でも付けた方がいいではないか。最重要部ならいっそのこと、一生取れないような、そして、そんなみんな平等な……。

髪の毛がなんだ！　ロマンスグレイがどうした！　とないものねだりの不要論。ええい構わん、ザビエルと呼べ！　と逆ギレ口調の独我論。乳首、盲腸、耳介筋と一緒に退化しちまえ！　とようやくこの辺りで、とうにひっくり返されたちゃぶ台と空っぽになった茶碗、毛羽立つ畳敷きに気付く。老いの一徹も、時には湯に浸け揉み解し、大観／柔靭《じゅうじん》と行きたいものである。

ちなみに、かのちゃぶ台は丸とばかり覚えていたが、実際は四角。どうりで一徹の男気が出せないわけだ。

知命の歩　その〈三〉　占いの館へようこそ

起き抜けの耳に「では、今日の占いです」と陽気な女子アナの声が届く。直ぐさま条件反射で南無三宝。「幸よ！　幸よ！」一瞬心に念じるのが日課である。

普段口では「占い何ぞ！　女、子供の……」とイキのいい昭和のオヤジっぽいことを言っているが正直この男、根はか細い。テレビの星座占いでは家族一敏感に聞き耳を立て、新聞の占い欄など穴が開く程凝視する。「北が吉」と言えば日がな一日、その北を思い、「散財注意」と促されれば、財布のひもをぎゅっと固く締める私である。

やってみるか……。これは以前から心にあった思いが図らずも口を衝いた瞬間である。占いなどというものは、どうも心が弱っている時分に縋るものらしいが。エコエコ……遠い昔に見たマンガのワンフレーズが木霊となって耳に届く。易者、そして、対峙する私。その間で繰り広げられる何やら魔法のような術策、そんな構図がすっと脳裏を過る。つつと背に伝わる冷たい汗。

「占い」は人類の誕生と共にあり、その歴史は古い。一説によると紀元前三〇〇〇年頃のメソポタミア文明には既に占星術の形で存在しただろうとされる。その後、長い歳月の間、個々人の廃業はあっただろうが、占いそのものが廃れたという形跡は見られない。むしろ今日では「動物占い」「しいたけ占い」、果てはお菓子の「じゃがりこ占い」などとあらぬ形態にまで派生し時代の推移と共に青々と栄える大樹のようである。これだけ広がるのだからじつに多勢の支持を得ていることは疑う余地もない。「周りからよく何も悩みなど無さそうで羨ましい」と言われるこの私だが、一つや二つ人に言えぬ悩みくらい立派にある。悩みに立派も妙だが、この歳になって何の困りごともないというのも、それはそれでまた、別の問題である。そして、何を隠そうこの占いという未来展望、決して嫌いではない。むしろ前述した通り無意識の支持というものにしっかり好きと出ている。ただ、これまでの占い歴の最高位が元朝《がんちょう》参りでのおみくじというそんな自身にとって本格的な占いを試すには、一歩踏み出す必要がある。一歩踏み込む勇気がいるのだ。一種、憧れのような「本物の占い」、そんな非日常を意識的に遠ざけてきたというつもりはないが、今日までどうにか掛からずやってきたことを考えれば、このまま縁無しのつもりで過ぎることも可能だろうが、こう一度思ってしまうと何かのこれは人生における巡り合わせとも取れるわけで、是が非でも占ってもらわずには置けない心境になるのである。

と、そこへもって今朝のテレビだ。十二星座占いで二位のヤギが「思い切って踏み出せ！」などとけし掛ける。そんなタイムリーなエールが、じつは先程の呟きを誘ったのである。新たな試みだ、ひとつ楽しんでやれなどとも心に炎がともる。

敢えてこの場で私が抱える苦悶の丈を晒すつもりもない。万人その基軸は変わらぬと思われる。読者の方は是非、今現在お抱えの厄介ごとを思い浮かべながらお読み頂きたい。

さて、お願いするに当たりあれこれ検討する。どうせなら拙者が占って進ぜよう的な、大方《おおかた》さらけ出し堂々と占術を売るお方が良い。令和の現代に如何にも「易」を装うニカブは不要。誰とは言わぬが、顔相の印象を操作する変てこなメガネもＮＧである。名前に至ってはキラキラネームは論外。おおよそ本名とは思えぬ凝ったものも眉唾だ。小屋のようなところに複数の卜者を置き、まるで工場の交代制勤務かというのもいかがわしい。出来れば御自宅に専用サロンのような小部屋を構え、にこやかに

「いらっしゃいませ」と迎えて欲しい。それら諸々の欲求を踏まえ「地元地域、占い」とこれだけの入力でぱっと思いが通じるパソコンという道具、これも一つの魔法である。

するとあるわ、あるわ占いの舘……。この狭い田舎町にこれ程か、という数である。併せて数もそうだが、占料もまた驚きの一つ。何と一分四百四十円などと目の飛び出そうなところもある。そんな瞬時、悩みの内のいったい何割を語り切れるだろう。時給に直せば二万六千四百円。弁護士、政治家も真っ青である。最近、全国平均の最低賃金が三十一円ばかし上がってようやく時給九百六十一円になった。しかも、その三十一円という端数のようなしけた額も過去最高の引き上げ率だとか。如何な計算から一分四百四十円を導き出したものか。先生と呼ばれる所以はその辺りだろうか？　しかもこの占師、私のイメージでは、いや殆どの人が持つであろう印象は、「当たるも八卦当たらぬも八卦」の定番スタイル。そんなことさして気にも留めず大いに先生笑っている。「普通、こうなります」と言われ、実際そうならなければ世間一般は即、クレームだが、むしろ、「外れて良かったですね」と先生のそんなお言葉に、「ありがとうございます」などと感謝すらしてしまう摩訶不思議な商いである。

更にさらに、「よく当たる」の評判を頼りに厳しく振り分ける。高額所得者も選定要件の一つに強制的に追加する。考えが進むと、あまり高齢な男性はのっけからどやされそうで遠慮したくなる。同じく高齢女性もぎゃんぎゃん来そうで怖くなる。時にはネットに飛ぶ師の人相、これまでの占歴などを頼りに、逆にこちら側が巫女《みこ》のような寸法で弾き落とす。と、この人だ！　最終選考に残ったのがややふっくらとした女史H氏。年の頃、四十代前半といったところ。温和そうな、それでいて、はきと言いそうな気配。風水師、ファシリテーター？　等々何やら数々の資格もお持ちだとか。住所を確認しドキリとする。何とまあ同じ町内である。こんなお傍に、という驚きが一層運命めいたものを感じさせるのである。

早速表記の番号をプッシュしたが、時間的に遅かったのか繋がらず連絡が付いたのは、その翌日である。

「はい、Hですけど……」

その占いを忘れたような、あまりにもご近所さん的な応対にこちらがなぜかどぎまぎする。

「あ、あの～……ネットで見てお電話したのですけど」

「あ～、ありがとうございます。」とふっくら言う。

「え、え〜と、初めてなのでどう手続きをしたらいいのか……」

との愚問に、このまま電話で予約を入れていいことを、あのネットの写真そのままの温和な声音で告げる。「何時にします？」と一変はきと聞く。希望日を告げると、丁度その日は取材が入っているとのこと。人気占師なのである。第二希望日を告げる。「ちょっと待ってくださいね」とやはりふっくらに言い、快く受け入れ、当日の一時ということに決めてもらった。さあ鬼が出るか蛇が出るか、決戦は十日後である。

——とはしたものの、はて!?……初体験である。何を準備すべきかと改めて思い巡らす。先生のアドバイスをメモする手帳やペンや……と思う一方の頭で、「相談とはAがBのことであり、現在はCの状況で、いずれはDを検討中……」と師を前に語る自身を浮かべ、素直に話せばいいやと、その思いだけ持って行こうと心する。

いきなりの失態である。同じ町内、という考えが甘かった。約束の一時まであと五分という段で、今私は住宅街の大迷路に迷い込んでいる。間違いなくこの近くなのだが、と思い、行きつ戻りつ、洋風の黄色いお家——そんな極特徴的な外観も私を油断させるに働いた。いざ町内を走ると黄色い御宅もそこかしこでちらほら出合うのである。謝罪と共に掛けた携帯で羞恥の中誘導され、H先生の黄色い御屋敷にやがて辿り着いたのは、約束の時間から、もう二十分程過ぎた時刻である。

「どうぞこちらから」と芝庭を渡り通された一室は、まさに私の想像したあのサロン。そして「いらっしゃいませ」と遅刻も気にせず希望通りの言い回しである。憎っくきコロナ誘因のマスク姿にそのお顔の全ては窺え兼ねるが、ネットが切り取った柔和な笑顔の持ち主の第一印象は真実だろうと概ね検討を付ける。おしゃれな壁棚には赤、黄、青、緑、水色、クリアのストーンストーンのｅｔｃ。私の鼻に答えは出ないが、何やら甘く漂う芳香も摩訶不思議を演出する。さあ、どうぞ、と丸みのある長テーブルを勧められる。ここが今日、開かれる私の未来の展示場らしい。

失礼ながら手始めに、何か私と相対して見えるものはないかと先生の持つサイキックとやらの力を試してみたく言ったが、何も浮かばない、と微笑む。今になって思うが、この出だしの場面であれこれ言われていたとすれば、或いはその後の展開を大いに訝しんでいたかもしれない。正直に分からぬと言う姿が、逆に私の印象を良くしていた。

「どのようなご相談で？」

に、時に慈母のような眼差しで。

「AがBになり、現在Cの状況で、いずれはDを検討中――」

早速予習してきた内容そのままを告げる。Hさんは、ただ黙って頷く。時に悲し気に、時に慈母のような眼差しで。

私の話を聞き終えると、「じゃあ」と何かを吹っ切るように手元に用意した青いカードを手にした。タロット占いなるものが女史の十八番らしい。マジシャンのような華麗な手捌きでカードを切るのかと思いきや、今一つ不慣れな切り口。だがこれも愛嬌である。テーブルの真ん中に七十八枚というその全てを積んだ一塊を三つに分けるよう、私に指示する。そして、また塊に戻すことを要求した。すると今度はそれを横一線に広げ、「どれでも好きなカードを七枚選べ」と言う。これがタロット占いか、と思いつつ先生の言い付けに従う。その後、幾工程かを経て表にされたカードの一枚、また一枚が私たちの真ん中で円を作りだした。見るとその花札のような賑やかな絵札、もしや、漱石「門」のお米のようなこれまで私の重ねてきた諸々の悪事をさらけ出すかとしばし息をのむ。すると、

「そうですね~……」一瞬間をおいて、

「うん、その方が良いと思います」

と至って真っ直ぐといった表情。それはつまり私のDを指した。検討中としたD案の推奨である。その後、これこれといった事例やら、あれそれとしたケース、私のドジなところも見てなのだろう、幸せの成り立ちのような話を解説し、太陽のような絵柄を、このカードが七十八枚中一番良いカードなのだと話しながら彼女なりの推奨の出所を明かす。正直、何か波乱のような展開を心のどこかで期待していた私には少々、物足りなさが残った。

二時から、別の人がオンライン相談の予約が入っているということで、もうあまり時間もない状況だったが、「あと何か？」と優しく促してくれた。何歳まで生きますか？　あまり長生きはしたくないのだが、との突拍子もない質問に師は笑いながら先程の工程を追う。「何歳まで、と正確には言えないが」と断った上で、これればかりは私の力ではどうすることも……と詫びている。そこそこ長生きしそうだという訳である。気落ちしている私に、

「大丈夫、楽しい人生ですよ」

ここにも先程一番いいと言った太陽カードがある、とばかり先生の指がある一点を突く。過去、現在、未来の流れを示すというカードの配置を何度も師は空《そら》で手でなぞる。眩しい太陽は未来にある。七十八枚中一枚しかないはずのカードだが、またして

もと思いつつ私もぼうとそれを見ていた。

あれから数日が経つ。この辺で私はあの人生初の占いに自身の悩みの種の他にもう一つ、ある意図の潜入捜査を企てたことを告白しよう。語弊があってはならない。何事にも仕掛け、構成といった物事の成り立ちがある。占いにおける、その構成要素と構造を見たかったのである。例えば、自動車にはエンジン、アクセル、ハンドル、ブレーキのような構造が一連の操作を司る。建築物は、土台が柱を支え、数本の支柱、及び外壁が屋根の加重と構造物全体に掛かる応力の分散を図る。占いはどうか？きっとそこにも何か複雑な仕組みがあるに違いないというそんな思いからである。

結論から先に述べれば、その構成成分は観察、推察、話術、占具、そして、優しい嘘である。よく、「三年前に……」などと、具体的な年数を挙げ、「大変なことがありましたね」と聞き手に問いつつ、迫る物言いを見掛けるが、これは推察と話術の連関だ。良い日もあれば、悪い日もある。日々是好日に生きられれば幸いだが、人は常にそんな心理の浮き沈みの中に生きているものだ。日記でも、日々詳細に記しておれば別だが、咄嗟に三年前のことなどを言いだされて、全ての事象を手繰り寄せることなど不可能である。そんな推察の上に「ね」などと強く押されては、もしや、とあることないこと針小棒大に捉え、さてはあのことか等と思わずにいられまい。自信満々のこの話術が占師としてのステイタスを保障するわけである。

Hさんに、そんな打算は認められない。そこで、不思議な力というものを否定する訳では勿論ないが、今回の占いを私なりに再度検証してみるとこうなる。彼女は私の遅刻の顛末、落ち着きのない挙動、更に会話中の句読点、ブレス等を終始観察していた。そこで推察である。あまり強く言っては持たないだろう。かと言って、突き放してはぶれる。その辺りを柔らかな話術に乗せ、有資格というタロットカードに一廉《ひとかど》の幸を見つけ出し、嘘といってはなんだが、飽くまで後押しを心掛けそっと背に手を添えた。検討中と敢えてしたD案を、さも神のお告げのように演出する。それは優しい嘘に相違ない。ただこれは吐《つ》いていい嘘、吐《つ》かれて嬉しい嘘である。

ふと、あんな見た目通りの女史を思い浮かべていると、ある想念に行き当たった。それはタロット占いの際の、あの一連の流れである。途中、言われるがままカードの山を三つに分け、それを再度一つに重ね、と一助として手を下したのは自分だ。そして、ヘキサグラムスプレッドに用いる七枚のカードを無造作に、且つ無意識に選んだのもこの私である。潜在意識に答えを聞くというタロット占い。その考えに基づけば見過ごされがちな私の無意識、無造作、そして単に従ったまでの一動作が、結果として導き出される示唆に影響を及ぼさぬはずはない。占い師は過去から未来へと渡る絵柄のカードを読んだに過ぎないのではないか。約言すれば、運命や星の元などという何か目に見えない力で誘引されているものとばかり感じていた支配下の人生も、あながちそうとばかりは言えぬ。即ち意識下における自身の選択の領域が多分にあるのだとも言えそうに思うのである。

話は変わり、かの邪馬台国女王「卑弥呼」。未だ謎とされる彼女の存在も「魏志倭人伝」によると、呪術を使う巫女、倭国の王とあり、妖術、魔術とも解される「鬼道」を使うとある。霊的な力をもって国を治めたと伝えられることから、女占師のイメージが強い。動物の骨を焼いて、その割れた具合から未来を予測する「卜骨《ぼっこつ》」の形が有力らしい。自らの姿を人には見せず、神からのお告げとして実弟に伝言されたという。

シックスセンスという能力も人という生命体には備わっているらしいと聞くから、骨の割れ目から彼女には未知の明暗を知り得たのかもしれない。そんなスピリチュアル能力があればさぞや……とも遠く羨むが、相も変わらず五感以外働きの見られない我が身である。気骨、気概、そんな精一杯の「気」で未来に立ち向かうしかない。

知命の歩　その〈四〉「５回」

夢だったのだ。是非一度、弾いてみたかったのである、駅ピアノ。「自分もちょっと弾けます」的なところを見せたいという、けちな願望が全くないかと言われれば嘘になる。「ちょっと」等と言うところに既にいやらしさが透けて見えるというものだ。本人ポロロンと大いに奏でるつもりでいたのだが……。

七月某日ＡＭ十一時三十分。私は今一人、郡山の自宅から福島駅を目指し車を駆る。その目的はただ一つ。そう……「駅ピアノ」。

どれくらい前だろう。ＢＳ放送で、その「駅ピアノ」という番組を初めて見た。場所はオランダ、確か駅はユトレヒト中央駅である。構内の一隅にひっそりと置かれた一台のピアノに定点カメラを設置すると、一人、また一人と吸い寄せられるかのようにやって来ては思い思いの曲を奏で去っていく、何とも言えぬスマートで自然な姿が捉えられていた。そこにはその人、その本人にしか持ち得ない人生ストーリーが見え隠れする。「今弾いたのは思い出の一曲よ、この曲を弾くと元気が出るの」とそう言って足早に去る女性教師。「どうしてもこの曲が弾きたくて、必死に練習したよ」と興奮気味に語る男子学生もいる。周囲は微笑みに満ち、時には歌い出す人、また即興コラボレーションとばかりに手にしたバイオリンを奏でる人も。まさしくそこは精神の解放区、全ての人にとっての自由空間。爽やかに、そして暖かく心に残った。

今回は、そんな爽快感を引き継ぐべく、あくまで「用事があって福島駅に参りました。たまたまそこを通り掛かったところ偶然にもピアノが置いてありました」の体で向かうのである。遙々《はるばる》約四十五キロの遠路を、一曲奏でるためだけにやって来たとは口が裂けても言えますまい。「はあ?」と裏声を聞かされる羽目になり兼ねない。しかしもって憧れていたのである。いいなあ、やってみたいなあと、まるで乙女のように心は、秘めに秘めていたのだ。いい歳こいて、とそんな声を耳にする前にチャチャっと済ませ、更に万一上手く事が運び、そこへまたうまい具合に二、三人ギャラリーが通り掛かりでもして、小さく拍手などして頂ければ、これは船出に花、老後の記憶にひと際色が付くというものである。

弾いてみたい――そんな願いにひとえに現実味を帯びさせるには、私にもそれなりの経験があるからだ。独学ではあるが、かれこれ十年以上ピアノを弾いてきた。本式に弾いている人からすれば、そんなのはほんのお遊びに過ぎないと言われるだろうが、十年の月日は決して短くはないはずだ。遊びでも慣れの域には達する。今回はその辺りに決行の意を固めた次第である。

まだ幼かった娘がピアノ教室に通い出した経緯で、上手になってね、そんな思いを込め大奮発しヤマハのグランドピアノを購入した。そこへ持って来て遮音等級Ｄｒ―七〇の防音室を性懲りもなく自宅に設けたことで、私は昼夜を問わず弾けるのである。殊に休日前の深夜、草木も眠る、そんな時刻に奏でる音色は、どこか澄んだ空気を圧して響く神声のようで格別である。

物事には全てにおいて起点がある。十年もの長きにわたり、こうも私を強固に縛り付ける、その鍵盤の魅力を探ると、根はまた更に四十年程遡る。

中学三年の冬である。文化祭、或いは謝恩祭のようなイベントだろう。仲間内でコピーバンドをやろうということになり、どういった流れか、楽器の経験もない私が「シンセサイザー」なるものを自宅に持ち帰る運びとなった。しかしもって記憶とは何と頼りないものか。私にはシンセのその鍵盤に指を置いた覚えもなく、機材の音を聞いたかも甚だ怪しい。だが、それでいてこの身は本番当日、体育館の壇上にいたのである。曲は確か、あの当時流行したオフコースの「さよなら」。無知の私だ、如何せん「さ・よ・な・ら」などと、二、三本の指でユニゾンのつもりか、ひたすらメロディーをなぞるだけだが、本人至って真剣である。更にはこの男何を血迷ったか、こちらも当時大流行のCCBを十二分に意識しての行動だろう。ヘッドセットマイクなどをちょんと頭に付けてしまった。晴れの舞台で何とも悲し過ぎる「さよなら」なのである。

とは言え、今思えばバンドという形態の中で作り出される音の和と積の面白さと同時に、白鍵と黒鍵の自由度、とでも言おうか、音の建築材のようなキーボードの持つ巧みさに関心を抱いたのは、きっとこの頃に違いない。

高校に上がるとカシオのミニキーボードを購入し、密かに作曲の真似事をする。数種のリズム演奏と録音機能が付いており、思い浮かんだ小節を片手弾きで入力しては再生を繰り返し、音楽家然として過ごしていた。人は何か得ようとするとき、形として残したいと思うものなのか、独学で楽譜の読み書きを覚えたのもその頃である。

国道四号線を北へ進む。本宮市を抜け、二本松市に差し掛かる。先程からずっとB

ＧＭに「ＴＯＴＯ」のファーストアルバムを流しているが、そこには楽曲を借用しある種、軍艦マーチの陽気さと、突撃ラッパの勇猛を期する意もあり、反面「はいどうどう」といった、知らず上気しがちな自身を抑制する今次《こんじ》精一杯の配慮もある。

信号待ちでコーヒーを一口啜ると、ふと、弟夫婦を一度家に招き入れた際、「何か弾いてくれ」のリクエストに微かにも指先が震えたこと、またそれ以前にも、小さかった娘にせがまれてさえ、やっぱり何も弾けなかったことなどをおぼろげに思い出す。よくもそんなんで駅ピアノなどと考えたものだ、と自分で自分に呆れるが、高校生の頃は仲間内から「意外性の男」等と呼ばれたのだ。「案外と俺って本番に強いのかも」――しゃあしゃあとどこから来るものか、変な自信もこの男の特徴である。

午後二時。目的地福島駅到着。はたと肝心のピアノの設置場所の確認を忘れたことに、ここに来て思い出す。スマホを持たぬことを心の軸にしているような男ゆえ、さて困った。人に尋ねては如何にも弾きたさ満々に見えはしまいか……。暢気な外装の半面、微細な神経をも併せ持つ男なのである。同じような場所をぐるぐると歩いた後、やっとのことで探し出した。すると今度は、「やっぱ俺って、何か運がいいんだよな」。もうここまでくると、この盲目的なポジティブさはこの男の一種強みである。

さて、地下通路の一端にその目的のピアノはあり、奥は約二、三十メートル長く続いている。そっと見渡せば人影は無し。

「よし！　今の内だ。さっさと済ませて、やってやったぞ的な優越感を得ようじゃないか」

当初の予定では、ここで二、三の観客に拍手を頂く約束だが、いざ出番となると、もう一刻も早くこの場から立ち去りたい思いに包まれた。勝利はもう目前、掴んだようなものである。

だが世の中、そううまく話は進まないものだ。

揚々と臨むはずが、慌てて座った椅子を前に私が目にしたのは、カワイのアップライトピアノ（通常私が弾いているのはヤマハのグランドである）。いつもと違うという至極当然の違和に忽ち動揺が広がる。ええい構わぬ、と始めると、そのタッチの感触に、通路に不規則に反響する音の広がりに、果ては押さえた鍵盤の幅にさえ、何か違う、違う、と前頭葉が叫び出す。取り残された十指は一も二もなく関節が引きつり、硬直し、そこに二つに割った心臓でも宛《あて》がうかの如く、指の腹はどくどくと不気味に脈打った。だめだ……。頭が真っ白とはまさにこのことである。

記述が遅れたが、私がこの時必死に弾こうとした曲は、カナダ人作曲家デビッド・フォスターの「ウィンター・ゲームズ」。一九八八年に開催されたカルガリーオリンピックの公式テーマ曲だ。スポーツを想起させる疾走感と躍動感、そして壮大さに溢れた曲である。これが弾きたくてここまで来たようなものだ。さあ、お前の体は覚えているはず。指先は自由に踊るはず、だったが。何とも無様である。さてどうしたものか、愕然としていると遠くで人の声。数人の若い女性のようである。そそくさと蓋を閉じ、椅子から立つ。逃げるようにピアノを後にした。

翌日、さすがにこれではいけない、と考え直し、基礎から学ぶのだ、と近くの音楽教室に体験レッスンを申し込む。そこは以前、娘が泣く泣く通っていた教室である。待っていたのはぷっくりとした女性講師。

幾分自認する吃音癖の如く、つっかえ、つっかえではあるが、そんな詰まりの違和感が、何かの拍子に取り除かれれば後はするりと進むのだ。雑談の後、「早速弾いてみましょう」と言われピアノの前に座ったが、落ち着きを取り戻せば意外にこの老指も覚えているのである。「もっとゆっくり」「もっと正確に」都度、そんな注意を受けながらも何とか一曲を弾き終えた。人前でついにやり遂げたことに晴れ晴れとした面持ちで、ついこの教室に骨を埋めるつもりになったが、不定休の身、仕事との兼ね合いで辛くも念願の教室通いを断念する。だがどうやらレッスンの基本の基とも言わんばかりに口酸っぱく言われた、あの「ゆっくり」「正確に」の心得をじんわり会得しただけでも行った甲斐があるというものだ、儲けものである。

唐突だが、ここで一つ白状しよう。こんな私にも、折々疼く心の棘があるということを。あれは私がまだ三十代の頃、家族三人で行ったディズニーランドでの一幕だ。シンデレラ城のエレベーター内でスタッフが、キッとした声で我々ゲストに語りかける。

「この中で誰か悪者と闘ってくれる人はいませんか?」

私の指はその呼びかけにピクリと確かに反応したはずだが、結局は手を上げられず仕舞い。戦えば、後に勇者の剣のプレゼントだ。ほら、上げろ! なぜ上げない? そんな心の声を何度も耳にしながらも——。

右に挙げた一見おセンチな出来事をも、根がポジな男は有効活用するらしい。シンデレラ城の失態になぞらえ、この度のピアノの惨劇を甘々な私はこう解釈するのだ。

①「誰か戦ってくれる人はいませんか!」の声に、とりあえずひょいと手を上げた。

↓

②スタッフと目が合う前にそそくさと手を下ろした。

③「次こそは……」との猛省に駆られる。
勇者には程遠いが、一歩、いや半歩、憧憬の人物像に近付いた。↓「◎」
とするも、やはり二十年で半歩とは我ながら鈍い歩みである。
←

「五回」――今はこの文字を念頭に置き日々の練習に励んでいる。あの撃沈曲を毎日必ず五回弾くのである。すらすらと弾きたいのなら、もっと練習しなきゃだめだと言われるに決まっている。が、一日二十四時間の中に常の仕事を置き、あれこれやるべきこと、やらねばならぬ日課を差し引いて、残った五、六時間の睡眠に食い込ませるのは五回が限度だ。されどたかが五回と侮るなかれ。これまでは一回／日だったのを五回に、それは五倍速で夢を追いかけることと同義である。

いつになるか、今度こそ楽しく最後まで弾き切ろう。まとまりのない音色、相も変わらずつっかえ、つっかえのタッチ。そんな下手くそな自身の腕を自慢気に大笑いしてやろう。それが次回の目標である。

朝、娘の出勤を時折、私は玄関先で見送る。「いってらっしゃい」と声を掛けると、その彼女は「行ってきま～す」。まだ夢の中。小さな背中に揺れる黒いリュックと、その付き合いで揺すられる数匹のぬいぐるみを五メートル、十メートルと目で辿る。つと曲がり角の一点前で娘は私の心の所在を試すように振り返る。そうして、まだそこにある目線に安堵するのか、はにかみを含む少々投げやりな右の手を振って消えていく。その時、私の心の針がどれ程振れるか、どれだけその屈託のない右手に救われるか、君にはきっと想像がつかないだろう。駄目な父を、情けない男を許してくれている、そんな気持ちにさせるのである。今すぐにでも勇者の剣をあげたいけれど、五回……ごめんね。まだまだ先になる。

あとがき

あまり大きな声では言えないが……、間もなく六十に差し掛かろうというこの私、スキマ（スキマスイッチ）の全力（「全力少年」）を聴いて泣くのである。勿論、人がいれば押し隠す。あくまで一人の時に限るが、それは涙ぐむなどというあっさりしたものではない、まさに号泣の域。醜く口を歪め大橋さん（Vo）とつい「……うお、せィ～」とやってしまうのである。歌詞への屈服はもとより、Fm→ConE～Dm7onG→F#7-5のぐっと来るコード進行にもやられるのだ。本書『50カラット』では、50男の徒然《つれづれ》を通してその渋味や苦み、えぐ味といったもっぱら雑味を披露するつもりでいたがこの有り様。だがじつを言うと、そんな自分もどこか嫌いではないのである。

次はどこへ行こう、さて何をしよう？ と心ときめく時、それは「積み上げたものぶっ壊して」いる瞬間であり、「身に着けたもの取っ払って」いる最中である。そしてそんな時、必ずと言っていいほど目にしている物は、樹の上のカブトムシや片手の取れたザリガニや、角のよれよれなパッチ（長方形のめんこ）やら、ひびの入ったスーパーヨーヨーやら……。昭〜和〜と、今の若い人には口々に言われるだろう。そんな「ガラクタの中の輝いていたもの」であったように感じるのだ。欠片ながら、まだ自分にも一途な少年の全力さが残っているのでは、とワクワクしながら生きたこの五十代である。たぎる血潮に、噴き出る汗に、感動の涙に自身の脳と心臓はひたひたと潤いを帯びたのではないか、とそれも収穫の一つのように思えるのである。

40代、50代という初老の私に常に伴走し勇気付け、澄んだ声で高く鳴き発破をかけ続けてくれたシジュウカラとゴジュウカラの両氏に、この場を借りて心から礼を述べたい。「60カラ」、「70カラ」は残念ながらいないようではあるが……大丈夫。常田さん（Ｋｅｙ）のあの美しいイントロが耳の奥で鳴っている。そう、カラッと「視界はもう澄み切ってる」♪♬のだ。

著者プロフィール

江藤 貴生（えとう たかお）

1967年、福島県生まれ。福島県在住。
福島県立郡山商業高等学校卒業。

【著書】
『40 〜《しじゅうからー》 ズ』（2014年／文芸社）

50《ごじゅう》カラット

2024年11月15日　初版第1刷発行

著　者　江藤 貴生
発行者　瓜谷 綱延
発行所　株式会社文芸社
〒160-0022　東京都新宿区新宿1－10－1
電話　03-5369-3060（編集）
03-5369-2299（販売）

印刷所　株式会社暁印刷

ISBN978-4-286-25863-8　　NexTone　PB000055429号